双葉文庫

八丁堀の狐

女郎蜘蛛

松本賢吾

目次

八丁堀の狐　女郎蜘蛛《じょろうぐも》

第一章　女犯坊主《にょぼんぼうず》

一

谷中感応寺《やなかかんのうじ》（後の天王寺《てんのうじ》）門前に「いろは茶屋《ぢゃや》」と呼ばれる岡場所があった。

いろは四十八ある茶屋の一つ「巴屋《ともえ》」から、大柄な遊客《ゆうかく》がひとり、遊女に送られて出てくる。

頭巾《ずきん》で頭を覆っていた。

坊主だ。

東叡山寛永寺《とうえいざんかんえいじ》のお膝元という場所柄、「いろは茶屋」は僧侶の客が多い。が、僧侶にとっては岡場所通いは危険な遊びだ。見つかったら一巻の終わり、女犯坊《にょぼんぼう》主《ず》は日本橋の袂《たもと》に三日間晒《さら》される。

寺持ちの僧は遠島《えんとう》になった。

ぶるる。

隆禅《りゅうぜん》は、背筋を震わせた。

〈女犯がなんだ……〉

胸中で太太《ふてぶて》しく嘯《うそぶ》く。

〈同じ坊主なのに親鸞《しんらん》の浄土真宗は肉食妻帯《にくじきさいたい》を許しておるわ〉

生憎《あいにく》、隆禅は曹洞宗建命院《そうとうしゅうけんめいいん》の僧侶だ。寺は弥生《やよい》の朧月《おぼろづき》に浮かぶ、谷中五重塔《ごじゅうのとう》の先にある。

用心深く周囲を窺い、隆禅は「いろは茶屋」の紅灯《こうとう》を振り向く。

鎮めたばかりの血が、もう騒ぎ出していた。別れたばかりの遊女の匂いが、鼻の奥に甦《よみがえ》ってくる。

「うふふふ……」

思い出し笑いを漏らす。隆禅は男盛り、三十歳の破戒僧《はかいそう》で、女がいなければ夜も日も明けぬ好色漢だった。

「おや？」

前方を見て呟《つぶや》く。
「女だ！」
隆禅の目が輝く。立ち姿のよい、夜目にも婀娜《あだ》っぽい女だ。
微《かす》かに伽羅《きゃら》が匂った。
〈夜鷹《よたか》か？〉
誘われるように近づく。
女は一人ではなかった。後ろ帯に脇差《わきざし》を差した、五十年配の小柄な下男と一緒だ。
下男の提げた提灯《ちょうちん》は、灯《あか》りを消している。
〈妙だな……〉
ぞくっと背筋を悪寒が走った。
前を女と下男に遮られた形になり、来た道を振り向く。
黒い影が三つ躍り出てきて、退路を塞がれた。
〈ふん、上野のお山の追剝《おいはぎ》か？〉
隆禅は自分《おのれ》が悪党なだけに、剛胆で腕力にも自信があった。
〈谷中で、この隆禅さまを襲うとは、いい度胸だぜ！〉

後ろの三人は、二人が町人姿、一人が僧形《そうぎょう》の男で、三人とも下男の爺さんと同じように後ろ帯に脇差を差していた。

前後から、五人が無言で、包囲の距離を詰めてくる。

殺気！

隆禅は、それを激しく感じた。

なぜだ？

恨みは売るほど買っているが、こんな連中には覚えがない。

きっと人違いだ。間違いで殺されては堪らない。

「わしは建命院の隆禅だが……」

頭巾をとった。

「人違いではないのか？」

震える声で、訊《き》いた。五人に動揺はみられない。人違いではなさそうだ。

「か、金か？」

声の震えが大きくなる。

「金なら、やる！　遊んだ金の残りが、三両ほどある。こ、これをやる！」

懐《ふところ》から財布を取り出す。

「さ、受け取ってくれ！」

女に向けて放《ほう》る。と同時に女を突き飛ばし、包囲を突破しようとした。

すると、下男の爺さんが、すうっと動いて女を庇《かば》い、脇差を抜いた。

「てめえ！」

しゃがれた、渋い声だ。

「往生際が悪いぜ！」

ずぶりと無造作に、脇差の刃を隆禅の太股に沈める。

脇差は、五人揃いの八寸四分半（約二十六センチ）の鎧通《よろいどおし》だった。

「ぎゃーっ！」

隆禅の悲鳴があがる。

脚の腱《けん》が切れ、すとんと尻餅をついた。

ひゅーっと、音を立てて血が迸《ほとばし》った。

「あ、あんたらは何者だ！」

隆禅が悲痛な声で叫ぶ。

「な、なぜわしにこんな真似をする。坊主のわしを殺したら七生《しちしょう》まで祟《たた》られるぞ」

すると、僧形の男が笑った。僧形といっても、よく見れば不精髭《ぶしょうひげ》を生やした願人坊主《がんにんぼうず》だ。

その手にも抜身の鎧通があった。

「隆禅、この期《ご》に及んで、みっともねえぜ」

「お前は、だ、誰だ？」

「おや、雪の永平寺《えいへいじ》で共に辛い修行をした、おれの声を忘れたのか？」

隆禅が、がくっと体を揺らした。

「ま、まさか……」

「ふん、そのまさかよ」

「か、覚禅《かくぜん》か？」

「そうよ。仲間のおめえに訴人《そにん》されて、八丈島に島送りになった、女犯坊主の覚禅よ」

「いつ、御赦免《ごしゃめん》になったんだ？」

「ふふふ、七年待ったが、赦免花（ソテツの花）は咲かなかった。だから、島を抜けてきた。こうするためにな……」

ずぼっと、覚禅が鎧通で隆禅の腹を突く。さらに、ぐりっと抉《えぐ》った。

「うぐっ！」

隆禅が苦悶の表情で呻《うめ》く。

「ゆ、許してくれ！」

口から血の泡が噴き出した。

「か、覚禅、わしが悪かった！　あのときは魔がさしたんだ。わしはあれからずっと後悔してきた。ほ、本当だぜ。こ、心から詫びる。どうかわしを許してくれ」

「隆禅、おめえも一端《いっぱし》の悪党のつもりなら、いまさら簡単に詫びるなよ」

覚禅が憤然とした声で言い募《つの》った。

「島の七年は地獄だったぜ。崖から飛び降りて、何度死のうと思ったかわからねえ。そうした方がずっと楽なんだ。

どうしてそうしなかったか、隆禅、おめえにはわかるよな。そうだよ。おれはこうしたくって、木の根を噛んで生き延び、島抜けをしてきたのさ」

「ごぼっ！」

何かを口にしようとして、隆禅が血を吐いた。

「ごぼ、ごぼっ！」

隆禅が虚ろな目を覚禅に向ける。なぜか笑っていた。

「ふふふ、隆禅、やっと笑ったな。

それでいい。いま楽にしてやろう」

覚禅は鎧通を隆禅の腹から抜き出すと、どすっと心の臓に突き立てた。

大柄な体軀が頽《くずお》れる。

「隆禅、先に地獄へ旅立ちな。そのうちおれも追いつく」

そして、囲むように立っていた四人を振り向く。

「拙僧の復讐……」

改まった声で言った。

「これで終わりました」

四人は無言で頷き、歩み出す。覚禅も最後に続き、一度ゆっくりと振り返る。

鎧通は隆禅の心の臓に突き立ったままだった。

二

狐崎十蔵《こざきじゆうぞう》は、八丁堀の屋敷にいた。

三河以来の幕臣である狐崎家の格式は、御目見《おめみえ》以下の御家人で二百石。住まいは冠木門《かぶきもん》のある敷地三百坪の拝領屋敷だ。

町奉行所与力は一代限りの抱席《かかえせき》である。が、実際は譜代《ふだい》同様の世襲で、十蔵も先代の跡を継いで、北町奉行所与力となった。

十蔵は、日向《ひなた》の縁側で、鼻毛を抜いている。

鼻毛抜きは、気持ちがいい。つい抜きすぎる。

そのうち、くしゃみと、鼻血が出た。

外では江戸じゅうの悪党どもに「八丁堀の狐《きつね》」と畏怖される狐崎十蔵も、母親と出戻りの妹がいる屋敷では、借りてきた猫よりも小さくなっていて、万事、先代からの用人、磯村武兵衛《いそむらぶへえ》に任せてあった。

「ああ、若《わか》、嘆かわしい」

還暦《かんれき》を迎えた武兵衛は、十蔵の顔を見るとそう嘆息するが、何がどう嘆かわしいかは、聞かないことにしている。

聞かなくともあらかた想像がついた。

そもそも武兵衛のほうが間違っている。十蔵は「若」ではなく、当主であるから、本来は「旦那さま」なのだ。

与力は御目見《おめみえ》以下だから「殿さま」とは呼ばれず「旦那さま」と呼ばれる。が、与力の妻はなぜか「奥さま」と呼ばれ、「奥さまあって殿さまなし」と、八丁堀の七不思議の一つになっている。

因《ちな》みに残る六つは、「女湯の刀掛け」「金で首がつながる」「地獄の中の極楽橋《ごくらくばし》」「貧乏小路に提灯《ちょうちん》かけ横丁」「寺あって墓なし」「儒者、医者、犬の糞」である。

一徹者の武兵衛は、十蔵が「奥さま」を迎えるまでは、若と呼び続けると広言していた。

奥さま候補はいる。

いるが、屋敷に連れてきて、母親と武兵衛に会わすには、いささか問題があった。

名はお吉《きち》という。歳は二十三。年増だ。が、十蔵も三十だから問題はない。

お吉の前身は「弁天《べんてん》のお吉」という掏摸《すり》だった。

柔肌に弁天さまの刺青《いれずみ》を背負い、改心したいまは、両国薬研堀《やげんぼり》にある「四つ目屋忠兵衛《ちゅうべえ》」の店を継いでいた。

歴《れっき》とした、堅気の店の女主人だ。刺青がすこし問題だが、見せなければ、誰にもわからない。

一番の問題は、お吉が「三河吉田の殿様」の隠し子であることだ。三河吉田（愛知県豊橋市）藩主で老中首座《しゆざ》、松平伊豆守信明《のぶあきら》が、若いときに女中に手をつけ生まれた子が、お吉だった。

一応、大名家のお姫さまだ。

そんなお吉が、二百石の御家人、町奉行所与力狐崎家の奥さま候補というだけで、母も武兵衛も卒倒してしまうに違いない。

「若！」

武兵衛の大声が聞こえた。

「狸穴《まみあな》さまがお見えですぞ！」

「おう、通せ！」

十蔵は嬉しそうに応《こた》え、鼻毛を一本抜いて、大きなくしゃみをした。

町人姿の狸穴三角《さんかく》が、好々爺《こうこうや》然とした顔でやって来た。

この顔が曲者《くせもの》だ。悪党は、この顔に騙《だま》される。いや、化《ば》かされる。

気がつくと、お縄にされているのだ。

狸穴三角は、町人姿で悪事を探る、隠密廻《おんみつまわ》り同心だった。

定町廻《じようまちまわ》り同心を長年務めて、江戸の悪党の顔や手口を知り尽くし、その後に隠密廻りに転じた、五十歳間近の老練な同心である。

「狐崎さま……」

三角が縁側に胡坐《あぐら》をかくやいなや、事件の発生を知らせる。

「昨夜、谷中の岡場所『いろは茶屋』に通じる道で、女犯坊主の隆禅が、鎧通を胸に突き立てられて死んでおりました」

十蔵の目が、きらっと輝く。

いろは茶屋。女犯坊主。鎧通。

この三つに、好奇心を掻き立てられた。

「女犯坊主というからには、隆禅という坊主は『いろは茶屋』のどこかの見世《みせ》にあがったんだな？」

「そのとおりで……」

三角は、してやったりの顔になる。

狙ったとおり、「八丁堀の狐」が、投げた餌に喰らいついてきた。

これで狐を穴から引っ張り出せる。

「隆禅は巴屋にあがっております。おりんというのが隆禅の敵娼《あいかた》で、三日と置かず通っていたそうです」

三角の声が弾んだ。

「そうかい。『いろは茶屋』じゃ、女犯坊主は珍しくない。いや、女犯坊主の別天地となっておる。それを嘆いた白河さま（松平定信）は、改革の一環として、引き払いを行おうとした。

が、知ってのとおり、それを実行に移す前に、白河さまは失脚なされてしまい、『いろは茶屋』の引き払いは、うやむやになったのだ」

十蔵が嘆息し、訊いた。

「で、物盗りかい？」

「それが……」

三角が首を横に振る。

「死体のそばに三両余りが入った財布が落ちていました。物盗りの仕業ではありません」

「ふん」

十蔵が、鼻で笑う。

「じゃあ、恨みってことかい？　三角、勿体《もったい》ぶらずに残らず話したらどうでえ」

と、笑って詰め寄る。

三角が、真顔になった。

「仰《おっしゃ》るとおり、隆禅に恨みを持つ者の仕業でしょう。それには相違ないのですが、小悪党の女犯坊主に恨みを晴らすにしては、妙に念が入りすぎているんです」

「どう念が入りすぎているんだい?」

「はい。まず凶器ですが、鎧通というのが、何か思わせぶりで、時代がかっているとは思いませんか?」

「そうだな」

十蔵がおもむろに頷く。

「それで?」

「殺し方にも念が入っております。傷口は三つ。太股を刺し、腹を抉り、最後に心の臓を突いております」

三角の声が低くなる。

「しかも、忌わしいことに、止《とど》めに突いたと思われる心の臓には、凶器の鎧通が突き立てられたままでした」

「それは……」

十蔵の目の奥で青白い狐火《きつねび》が揺らぐ。鋭い嗅覚が、大きな獲物の匂いを捉えていた。

「この殺しは、これだけじゃ終わらねえぜ。でっけえ事件《やま》になる。そんな気がする」

「やはり……」

三角が唸り、老練な同心の顔になった。

「わたしもそんな気がしているんです。

天地が引っ繰り返るような大事件に発展するような気がしたので、これぞ『八丁堀の狐』の出番だと、御注進に及んだ次第です。

あるんですなあ。長いこと捕り物をやっていると、勘といって片づけられない、何かが神憑《かみがか》りのごとく降りてくる瞬間が……。

じつは、隆禅の心の臓に突き立てられていた鎧通に見覚えがあるのです」

「それは凄《すご》い。どこで見たんだ？」

「それが……」

三角が面目なげに頭を掻く。

「たしかにどこかで見たことがあるのですが、どこで見たのか、どうしても思い出せません。

わたしは記憶力には自信があって、この白髪頭の中に、幾百という悪党の名前、顔、手口が詰め込んである。それを自在に引き出せるのが自慢なのに、なぜかこの鎧通だけは、どこで見たのか、さっぱり思い出せない。

おそらく事件には直接関係なく、それでいて印象に残るような場所で見たんでしょう。それも昨日今日《きのうきょう》のことではなく、十年、二十年前のことだと思います」

十蔵が頷く。

「忘れた記憶ってやつも、ある日、突然、降りてくることがある。そのうち思い出すだろうよ」

「それで……」

三角が確かめるような調子で問いかける。

「『狐《きつね》の穴《あな》』は、動きますんで？」

「こおーん」

十蔵が狐のようにひと声鳴いた。

「狐の出番だ」

にっこり笑った顔が精悍だ。

「これから隠し番屋《ばんや》に詰める。用があったら、あっちへ来てくれ」

三

十蔵は八丁堀の屋敷を出ると、両国薬研堀にある、閨《ねや》の媚薬《びやく》、秘具《ひぐ》の店「四つ目屋忠兵衛」に入った。

店の中は昼間でも薄暗い。

「四つ目屋は得意の顔を知らぬ也」と川柳にあった。

「長命丸《ちょうめいがん》」「女悦丸《にょえつがん》」「張形《はりがた》」「りんの玉」……棚に箱が並んでいる。

「お帰り！」

凛《りん》とした、張りのある女の声が十蔵を迎えた。

主人の忠兵衛こと、お吉だ。

四つ目屋の主人は代々忠兵衛を名乗っていて、十蔵の奥さま候補のお吉が、当代を継いでいるのだ。

十蔵は、八丁堀の屋敷と薬研堀の四つ目屋を、ほぼ半々の割合で行き来している。が、事件が起きて「八丁堀の狐」の出番が巡ってくれば、四つ目屋の地下に造った、隠し番屋の「狐の穴」が探索の拠点になった。

「また騒がしくなるぞ」

すると、打てば響くようなお吉の声が返ってくる。

「いろは茶屋の坊主殺しね」

お吉は勘もいいが、情報をつかむのも早い。かつての掏摸のときの手下で、いまは「魂胆遣曲道具《こんたんやりくりどうぐ》」の幟《のぼり》を立てて行商をしている四つ目屋の奉行人となっている猪吉《いのきち》、鹿蔵《しかぞう》、蝶次《ちょうじ》が、江戸の町じゅうから情報を拾って来ていた。

「殺された坊主の評判は聞いているか？」

「最低よ。恥知らずの鼻つまみ者だったらしいわ」

顔をしかめて、お吉は吐き捨てる。

「岡場所通いは序の口で、複数の檀家の後家を手籠《てご》めにし、遊ぶ金を貢がせていたらしいわ。

やっと仏罰《ぶつばつ》がくだった。

みんなそう言って、手を叩いているそうよ」

「ひでえ坊主だ。が、おれたち『狐の穴』の仕事は、女犯坊主を殺した人間をお縄にすることだ。お吉、それを忘れちゃ、いけねえぜ」

「わっちには、それがわからない」

小さく首を横に振り、お吉は口を尖らせた。

「下手人《げしゅにん》をお縄にせずに、よくやったと、どうして褒めてやれないの？」

十蔵が微笑む。

善し悪しは別にして、これがお吉の気性だ。その気性を、十蔵は好いていた。

「隆禅を殺した凶器は、鎧通だ。文字どおり、戦国時代の遺物と言える、鎧をも貫き通す鋭利な短刀だ」

十蔵は、淡々とした口調で、状況を詳しく話しはじめた。

「下手人は、武士ではなく、複数の町人だろう。

人数は二人か三人。あるいはもっと多いかもしれない。

その人数で、いろは茶屋の『巴屋』から出てきた隆禅を待ち伏せ、鎧通でまず太股を刺した。そうすれば腱が切れて逃げることができない。

次に、おもむろに鎧通で腹を抉った。すぐに殺すというより、怺《こら》えがたい苦痛を与えるためだ。

これでわかるように、隆禅に深い恨みのある者の仕業と考えていいだろう。

しかも、止《とど》めに心の臓を突いた鎧通は、これ見よがしに突き立てたままだった」

「まるで仕置きね」

お吉が顔をしかめる。

「そんなに惨《むご》くちゃ、やっぱり褒めてやれないわ。それで、下手人はすぐにお縄にできそうなの？」

「いや、この事件はさらに大きくなる。と、おれと三角は読んでいる」

「よかった」

「え？」

「お縄にするまでは、こっちにいるんでしょう」

そういうことか、と十蔵は思った。

ここらで本気になって、子をつくろうか。子が授かれば、否応なく、お吉は狐崎家の奥さまになる。

「ん？」

考え込んだ十蔵の顔を、お吉が覗き込む。

「顔、赤いわよ。どうしたの？」

答えのかわりに、十蔵の手がお吉の尻を優しく撫でた。

数日後——

四つ目屋の地下にある隠し番屋「狐の穴」の板敷きの道場で、十蔵は、岡っ引きの伊佐治《いさじ》と、その手下の猪吉、鹿蔵、蝶次を相手に、起倒流《きとうりゅう》柔術《じゅうじゅつ》の朝稽古をしていた。

「おれを極悪非道の大悪党だと思って、どこからなりとも掛かってこい！」

濃紺の稽古着を着《つ》け、歳は三十、色白で中肉中背、ちょっと見には優男風《やさおとこふう》の十蔵が、凜《りん》とした声で言い放つ。

伊佐治二十八歳、猪吉二十歳、鹿蔵十九歳、蝶次十八歳の、若くて敏捷《びんしょう》な四人の手下は素手ではない。

捕り物用の突棒《つくぼう》を手にして、下手人を捕り押さえる稽古だ。

「御用だ！」

小柄で、顔に深い刀疵《かたなきず》のある、元は博奕《ばくち》打ちの代貸《だいがし》だった伊佐治が、鋭く叫ぶ。ぞっとするような凄味があった。

「御用！　御用！　御用だ！」

猪吉、鹿蔵、蝶次は、懸命に叫ぶ。が、伊佐治と比べるとまだまだ未熟で、声も動作も迫力に欠けている。

「なんでえ、なんでえ、そのへっぴり腰は！　ぐずぐずしてねえで、さっさと掛かってこねえか！」

「御用だ！」

四人が同時に叫び、前後左右から突棒を振ってきた。

十蔵は気合いを発し、神速《しんそく》の動きで四本の突棒をかわして踏み込む。

「えいっ！」

猪吉を出足払《であしばら》いで倒す。

「やっ！」

鹿蔵には大外刈《おおそとが》りを決めた。

「どりゃ！」

蝶次を背負《せお》って投げ飛ばし、

「おおりゃ！」

伊佐治には必殺技の竜巻落《たつまき》としを見舞った。

十蔵の竜巻落としは、起倒流柔術の手技と足技と腰技を合わせた究極の投げ技だ。投げられた相手の体が、竜巻に呑まれた木の葉のように回転しながら宙に舞いあがる。

後世、嘉納治五郎《かのうじごろう》が創設した講道館《こうどうかん》柔道の四天王の一人、西郷四郎《さいごうしろう》（姿三四郎のモデル）の必殺技、「山嵐」の原型とされる技である。

「うわーっ！」

伊佐治の小柄だが喧嘩で鍛え抜いた強靭な体が、錐揉《きりも》み状になって頭から落下する。

この技は受け身がとれない。床板に頭が激突したら、首の骨が折れる。

激突の寸前、十蔵は腕を伸ばし、落下する伊佐治の稽古着の袖をぐいっと引いて、背中から落した。

ぱあーん！

床板を叩く、伊佐治の受け身の澄んだ音が道場に谺《こだま》した。

「参りました！」

伊佐治は起きあがると正座して礼をした。

「参りました！」

猪吉ら三人も真似る。これが朝稽古の終わりの合図になっていた。

狐崎十蔵は、門弟三千人を誇る起倒流柔術鈴木清兵衛《すずきせいべえ》門下で、三本の指に入る達人だった。

鈴木清兵衛門下には、先の老中首座で寛政《かんせい》の改革を断行した、白河藩主の松《まつ》平定信《だいらさだのぶ》がいる。

文武《ぶんぶ》に優れた定信もやはり三本の指に入る達人で、技の切れ味が鋭く、その柔術は殿さま芸を超えていた。

十蔵は同門の誼《よしみ》で、六年余り、改革に邁進《まいしん》する定信に協力して辣腕《らつわん》をふるっていた。が、質素倹約《しっそけんやく》を強《し》いる改革の評判は芳《かんば》しくなく、町人の間にこんな狂歌が流布《るふ》しはじめた。

『白河の清きに魚のすみかねて　もとの濁《にご》りの田沼《たぬま》こひしき』

幕臣の太田南畝《おおたなんぽ》（蜀山人《しょくさんじん》）も、こんな狂歌で批判した。

『世の中に蚊《か》ほどうるさきものはなし　ぶんぶといひて夜もねられず』

やがて、後見をしていた十一代将軍家斉《いえなり》公にも疎《うと》んじられて、松平定信は改革半ばで無念の失脚をした。

十蔵も活躍の場を奪われ、奉行所を追われることこそなかったが、出仕《しゅっし》に及ばずと、仕事も部下も与えられず、飼い殺しの目に遭うことになった。

ところが、十蔵は逆境に甘んじ、

「町奉行所は町人のためにある！」

と嘯《うそぶ》いて、見捨てておけない難事件が発生すると、隠し番屋「狐の穴」の手下を率いて、勝手に探索に乗り出すのだった。

〈ぼちぼち、三角が何か言ってくるころだ〉

稽古を終えて、井戸端で素っ裸になって水を浴びていた十蔵の勘が働く。

桜の蕾《つぼみ》が膨らみ、水の温《ぬる》む季節になっていた。

〈ほら、おいでなすったぜ〉

癖のある足音が聞こえる。狸の足音だ。

十蔵は、手拭で顔を拭き、振り向いた。

町人姿の三角が、五十近い歳に似合わぬ、躍るような弾んだ足取りでやって来るのが見えた。

「狐崎さま、お早《はよ》うございます。さっそく、朝稽古ですか。その力が羨ましい」

元気な声で挨拶をする三角は、北町奉行所内で孤立無援の十蔵の数少ない協力者の一人だった。

「おう、三角か。どうしたい、こんなに朝早く……」

十蔵は、お吉が毎朝切ってくれる、真《ま》っ新《さら》の褌《ふんどし》を締めながら訊いた。

「女犯坊主の胸に突き立っていた鎧通を、どこで見たか思い出したのか？」

「いえ、そっちはまだですが、狐崎さま、驚いてはなりませんぞ」

「どうした。勿体ぶらずに、早く話せ」

「昨夜、隆禅を刺したのと同じような鎧通が、別の男の心の臓に突き立てられました」

「なんだって？　鎧通で別の男が襲われたってか……」

十蔵は思わず声を洩らし、目を輝かす。

「今度も殺されたのは札付きの悪党かい？」

「門前仲町《もんぜんなかちょう》の亡八《ぼうはち》（遊女屋の主人）です。『湊屋《みなと》』の主人の茂兵衛《もへえ》という四十男ですが、商売柄、悪い噂には事欠きません」

「女犯坊主の次は、遊女屋の亭主か。どういう繋《つな》がりがあるのかな。こいつは面白くなりそうだぜ」

「狐崎さま……」

三角が苦い顔になって小言《こごと》を言う。

「仮にも人が殺されたのに、町奉行所与力がそんなに面白がっていては拙《まず》いのでは」

「おっと、すまねえ。不謹慎だった」

十蔵は素直に頭を掻き、

「三角、朝飯、まだだろう」

お吉が選んだ春めいた明るい色の袷《あわせ》を羽織《はお》りながら言った。

「続きはあっちでみんなと食べながら聞こうか……」

四つ目屋の台所には、「狐の穴」の一員同然の狸穴三角の膳が備えてあった。

広間では十蔵、三角、伊佐治、猪吉、鹿蔵、蝶次、女主人のお吉が膳につき、入江町《いりえちょう》の岡場所の女郎だったお袖《そで》の給仕で朝食が始まる。

下男の徳蔵《とくぞう》と女中のお茂《しげ》は台所で食べた。

朝食は炊き立ての白米のご飯、蜆《しじみ》の味噌汁、納豆、沢庵《たくわん》といった質素なものだ。

みんな、黙々と食べる。茶碗に三杯から五杯。ここの男は揃って大食漢だ。十蔵も三杯目を食べている。

三角は二杯で箸を置き、茶を飲む。半ば呆れ顔で、飯を掻っ込む周りの様子を眺めた。

みんな、楽しそうだ。食べることで、幸せを確かめている。そんなふうに見えた。

「狸の旦那、あっしらが、がっつくのが珍しいですかい」

三角の視線に気づいた伊佐治が笑った。

「食えるときに食っておく。あっしら、餓鬼《がき》のころからずっとそうやってきて、腹もそういう作りになっておりやす。

狸の旦那が、こんなに朝早くいらしたんだ。あっしらの出番なんでしょう？だから、こうやってたっぷり詰め込んでおけば、途中で飯の心配をせずに、江戸じゅうを駆け巡ることができやす」

「こいつは、一本参った！」

三角は白髪まじりの頭を掻いた。「狐の穴」の子狐たちは、三角が思っている以上に成長していた。

「お袖さん、わしにも、もう一杯お願いします！」

一旦置いた茶碗を、差し出す。

「狸の旦那……」

お袖が優しく窘《たしな》める。

「腹も身の内と申します。旦那のような育ちのよい腹で、餓鬼腹《がきばら》の伊佐治さんと張り合ってどうするんですよ」

「あははは、餓鬼腹はよかった」

やりとりを聞いていた十蔵は笑って、自分《おのれ》の膳を片づけはじめた。

「みんな、新たな殺しがあった。三角の話を聞こうぜ」

四

隠密同心の狸穴三角は、膳を下げた広間で輪になった「狐の穴」の男五人を見渡すと、懐から控帳《ひかえちょう》を取り出した。

「また鎧通で人が殺されました」

三角が口を開くと、

「まさか……」

すかさず伊佐治が身を乗り出す。

「今度もまた、凶器の鎧通が心の臓に突っ立っていたんじゃねえでしょうね」

「図星だ。そのまさかですよ」

「やっぱり……」

伊佐治が唸った。

「あっしも谷中の女犯坊主殺しを聞いて、狐の旦那や狸の旦那と同じく、何となく次もあるような気がしてやした。で、今度はどこの誰が……？」

「仲町の亡八、湊屋茂兵衛だ。知っているか？」

伊佐治は、十蔵の手下になる前は、本所入江町の岡場所を縄張りにする般若《はんにゃ》の五郎蔵《ごろぞう》一家の代貸だった。そのため、表面に出てこない本所、深川の裏事情に通じている。

「へい、拐《かどわ》かしも平気でやるという、阿漕《あこぎ》な女衒《ぜげん》野郎です。いまごろ湊屋じゃ、女郎たちが祝い酒を呑んでやすぜ。

野郎はどこで殺《や》られたんです？」

「それがな、大島川の河口に近い大川に浮かんだ船饅頭《ふなまんじゅう》の船に、胸に鎧通を突っ立てた恰好で倒れていたらしい」

船饅頭とは、小舟の中で春をひさぐ最下級の娼婦のことだ。

遊びの料金は三十二文。船と船頭がつくから、二十四文の夜鷹《よたか》より高い。が、
四百文から六百文の、湊屋を含む門前仲町の遊女屋の泊まり代金に比べれば、格段に安価だ。

「そ、それで船饅頭の女は、巻き添えを食わなかったんですか？」

蝶次が真っ先に娼婦の安否を気遣った。

「そいつは心配いらねえ。女も船頭も乗っておらず、船は余所《よそ》で盗まれたものだった」

「そうですか」

蝶次が安堵したような笑みを浮かべる。最年少で末弟格の蝶次は、誰よりも優しい心を持っていた。

三角が早口になって続けた。

「……葦原から一向に動こうとしない船饅頭の船を、猪牙舟《ちょきぶね》を漕いで大川を往き来する、蛤町《はまぐりちょう》の船宿の船頭が怪しみ、船を近づけて覗いて見た。

すると、胸に鎧通を突っ立てた、見覚えのある男が倒れていた。肝を潰した船

頭が番屋に駆け込み、門前仲町の岡場所が、天地が引っ繰り返ったような大騒ぎになったってわけだ」

「あっしらは魂胆遣曲《こんたんやりくり》道具の行李《こうり》を担いで……」

次兄格の鹿蔵が気負った声で言った。

「門前仲町の岡場所に行きますから、湊屋茂兵衛の悪い噂は、よく耳にしていました。

とにかく阿漕《あこぎ》な楼主《ろうしゅ》らしく、二、三年前には、遊女に酷《ひど》い折檻《せっかん》をして、見かねて止めに入った客と喧嘩になり、殺し合いの大騒動になったらしいですぜ。

その結果、見世の若い衆が一人死んで、客は捕えられて島流し。喧嘩の原因をつくった茂兵衛は、お役人に袖の下を使って、何のお咎めもなしってんですから、まったく狡賢《ずるがしこ》い野郎《や》です。

そんな悪党を誰が殺ったか知りませんが、谷中と同じで天罰じゃねえでしょうか」

すると、長兄格の猪吉が大きく頷き、したり顔で言った。

「おれが思うに、谷中の坊主も仲町の亡八も、生きていては世のため人のためにならねえ悪党だった。それで心の臓に鎧通が降ってきた。

これで世の中の悪党が震えあがりますぜ。

だってそうでしょう。いつ鎧通が心の臓に降ってくるかわからないから、うかうか悪事も働けなくなる。

狸の旦那、それが鎧通の一味の狙いだとは思いやせんか？」

すると、三角が厳しい表情になった。

「それじゃまるで、そいつらが世のため人のために、悪党の隆禅と茂兵衛を殺したように聞こえるが、そいつは違うぞ」

三角は、機を捉えては、元掏摸の若者三人に、奉行所の手下としての心構えを教育していた。

人間は、教えられなければ、大切なことは覚えない。

十蔵は、柔術で彼らの体に覚えさせ、三角は説教と質問で、彼らの頭に覚えさせた。

「猪吉、鹿蔵も蝶次もよく聞け。世のため人のための殺しなど、この世にはありはしないのだ。

考えてもみよ。誰がどうやって、世のため人のためになる殺しだと、決めることができるというのだ。

誰にも決めることはできまい。

たとえ相手が度《ど》し難《がた》い悪党でも、人を殺せば犯罪だ。罰を受けなければならない。

だから、町奉行所がある。

悪党は奉行所の手で捕えて、裁いて、仕置きをする。遠回りのようだが、それが一番間違いない。

いいか、猪吉、鹿蔵、蝶次！

お上の御用を果たすには、町奉行所の権威を信じることから始まる、ということを肝に銘じておくんだな」

「へい！」

猪、鹿、蝶が、声を揃えた。

三人は頭の回転が早く、三角を相手にする要領を心得ていた。

「猪吉、何から探索したらいいと思う？」

「へい、隆禅と茂兵衛は、同じ殺され方をしましたが、他にも何か共通点があるはずです。それを探ってみます」

「うん、いいぞ。双方とも悪党だった。これも重要な共通点だが、他にも見つけろ。きっと何かあるはずだ」

「承知しやした！」

「鹿蔵、お前は何をする？」

「それじゃあっしは、目撃者を探してみやす。

谷中と違って、深川は至る所に人の目がありやす。鎧通一味の姿を、案外、大勢が見ているかもしれやせん。

とりあえず、屋根船や猪牙舟の船頭から当たってみやしょう」

「うん、目撃者探しは探索の王道だ。が、それと気づかれぬように聞き込むことだ。

男には長命丸の効能書きを読みあげ、女には張形の使用法を教えながら、遊女屋の湊屋茂兵衛の名を出すんだ。

十中八九は乗ってくる。知っていることは、ぺらぺらと何でも喋るから、そんな話は聞き飽きたって顔で、しっかり聞き込むんだ」

「へい、やってみます！」

「よし、抜かるな。……蝶次、お前はどうする。猪吉か鹿蔵を手伝うか？」

「はい、それでもいいですが、おいらは、鎧通を調べてみようかと……。今はまだ二本ですが、この様子では、三本目、四本目、五本目の鎧通が、誰かの心の臓に突き立てられるということも考えられます。

となると、鎧通の一味は、同じ形の鎧通を何本も持っているということで、これはかなり目立つことではないでしょうか。刀剣屋、古物商、刀鍛冶《かじ》、研ぎ師に当たれば、鎧通の持主がわかるような気がします」

蝶次が頬を紅潮させて話す。

と、聞いていた三角が、顔を酒に酔ったように赤くして、いきなり大きな声をあげた。

「うおーっ！　狐崎さま、思い出しました！」

いい歳をして、狂喜乱舞《きょうきらんぶ》のありさまだ。

「あの鎧通をどこで見たか、はっきりと思い出しましたぞ」

「本当か、三角！」

「はい！　蝶次が、五本の鎧通と言ったとき、ぴかっと瞼の裏で何かが閃《ひらめ》きました。

二十年前、彫り師で博奕打ちの貸元《かしもと》だった、彫常《ほりつね》こと駒形《こまがた》の常治郎《つねじろう》を召し捕ったとき、そこでたしかに五本の鎧通を見たのです。

そのころ、わたしは定町廻り同心になったばかりで、与力の狩場《かりば》惣一郎《そういちろう》さまの指揮下に入って、貸元の駒形の常治郎を博奕の胴元をやった罪で、召し捕ったのです。

五本の鎧通は、刺青を彫る仕事場の棚に、彫り針や、染料の入った瓶や、下絵《したえ》の束と一緒に置いてあって、何となく場違いな感じがしました。

そこで『これは何だ』と訊いてみたのです。

すると小男の彫常は『見てとおりの飾りです』と胸を反らして、『あっしは、鎧通の真っ直ぐの刃が、潔《いさぎよ》さの象徴みてえで無性に好きなんですよ』と答えました。

それで武器として押収せず、そのまま部屋に残しておきました。

彫常は、狩場さまに厳しく追及され、旗本屋敷での博奕の開帳をすっかり白状して、八丈島《はちじょうじま》へ流されました」

三角は、目を宙に据え、一気に喋って、ふうーっと大きな息を吐いた。

身を乗り出し、驚いたように聞いていた五人も、詰めていた息を吐く。

「それで彫常は……」

ややあって、十蔵が訊く。

「御赦免になったのか？」

「いいえ」

「そうか。まだ島か？」

「いいえ」

「そうか、死んだか。流人《るにん》生活の二十年は長い。病死か？」

「いいえ」

十蔵が苦笑いを浮かべる。

「三角、いいえ、以外の言葉を忘れたか？」

「い、いいえ」

と、答え、三角が慌てて言葉を続ける。

「こ、こりゃ、どうも。何かこう、一度にいろんなことが、この草臥《くたび》れた白髪頭に甦ってきて、整理が追っつかねえんです」

「あはは、そうかい。それじゃ、整理はこっちでするから、頭に浮かんでいることを、何でもいいから喋ってくんな」

「えへへ、そういたしますか」

三角は頭を掻き、いきなり、言いはなった。

「島抜けです。彫常は島抜けをしたんです」

「ほうっ！　そいつは魂消《たまげ》たぜ」

十蔵が、驚愕の声をあげる。

「八丈島の島抜けは、千に一つも成功しないと聞くが」

江戸で遠島《えんとう》に処される罪を犯した者は、流人船で伊豆大島、三宅島《みやけじま》、八丈島、新島《にいじま》、神津島《こうづしま》、御蔵島《みくらじま》、利島《としま》に流される。

彫常が流されたのは、鳥も通わぬと言われる八丈島で、江戸から一番遠く離れていた。しかも御蔵島と八丈島の間には、海の難所で「黒瀬川《くろせがわ》」と呼ばれる、北上する黒潮の潮流があった。

そのために、島抜けの流人が乗った船は、幅広い黒瀬川の急流に行く手を阻まれ、船が転覆するか、島に押し戻されてしまう。

「彫常たちも……」

三角の声が湿った。

「船が転覆して、島抜けに失敗しました」

「やはりな。……で、それはいつのことだ？」

「去年の春です。たしか、三月の二十日前後でした。懇意にしている物書《ものかき》同心が、彫常に関する書類に召し捕ったわたしの名があるのを見て、そっと教えてくれたのです。

彫常は仲間の六人の流人と、早暁《そうぎょう》、漁船を盗んで島抜けを決行しました。が、天は彫常ら七人に味方せず、黒瀬川で船が転覆して、その日のうちに二人の流人の死体と、盗まれた漁船の櫓《ろ》や竿や板切れが、浜に打ちあげられたそうです。誰の目にも、島抜けは失敗し、七人の流人の死は、毫《ごう》も疑いのないものと思われました。

彫常を含む、残る五人の死体は、黒潮に遠くへ運ばれてしまったのか、島役人をはじめ、島民、流人が総出で探しましたが、ついに見つけることができなかったそうです」

「こほん！」

十蔵が、狐の鳴き声のような、甲高い咳をする。

「おもしれえな」

目の奥で、青白い狐火を揺らし、三角を見た。

「島抜けに加わった、彫常ら七人のこと、詳しく知りてえ。できるか？」

「そりゃ、できます。が、どういうことです？」

「どういうこと？」

十蔵が、悪戯《いたずら》っぽい目で見返す。

「おめえが言ったじゃねえか。五人は黒潮で遠くへ運ばれたって。その遠くが江戸であっちゃ、いけねえかい」

「げえっ！」

三角が、喚《わめ》く。

「そ、それでは、狐崎さまは、彫常たち五人は島抜けに成功したと仰いますので？」

「そういうことがあってもおかしくなかろう。ふふふ、彫常に会ってみてえな」

十蔵は三角の困惑をよそに上機嫌で笑った。

第二章　刺青《いれずみ》

一

狸穴三角は、呉服橋御門内の北町奉行所へ急ぎながら、胸中で叫んでいた。

〈えれえことだ！　もし狐の言うとおり、彫常ら五人が島抜けに成功していたら、大変なことになる。

何人、腹を切ることになるか、わからぬぞ！〉

「今度ばかりは……」

と、ついに声に出して洩らした。

「狐の読みが外れてほしいが」

北町奉行の小田切《おだぎり》土佐守直年《なおとし》は、昼四つ（午前十時）の登城の支度に忙しかった。

「お耳を……」

三角が、奉行の耳元で囁く。隠密廻り同心の直属上司は、町奉行なのだ。

「島抜けだと？」

「狐がそう……」

「谷中と深川が、そやつらの仕業と申すか！」

「それも狐が……」

「うーむ」

小田切土佐守が唸った。

この奉行は、思慮深い。が、優柔不断なところもあった。

無理もない。

江戸北町奉行になって日が浅かった。が、駿河《するが》町奉行、大坂東町奉行と、十余年に及ぶ町奉行の経験があった。

「死んだはずの流人が、じつは島抜けを成功させていたでは、いかにも拙《まず》い。拙すぎるぞ」

小田切土佐守が呟くように言った。

「……が、死んだはずの流人の幽霊が出ることは、ままあることだ。ここはひとつ、狐に幽霊退治を任せてみよう。好きにやれ。そう狐に伝えてくれ」

とっさに思いついた苦肉《くにく》の策だろうが、悪くはない。

「八丁堀の狐」を扱う壺も心得ていた。

「それにしても白河さま（定信）の置土産《おきみやげ》の狐には、わしらはいつも天手古舞《てんてこまい》をさせられる。そうは思わぬか、三角？」

「仰るとおりで……」

三角は神妙な顔で答える。

「狐崎十蔵さまには、ときおり狐が憑《つ》いて、人間離れをした働きをなさいます。が、すべて世のため人のため。じつに頼もしい生粋《きっすい》の町奉行所与力でございます」

「ふん」

奉行が鼻で笑った。

「そう言う狸穴三角にも、ときおり狸が憑いて、このわしを化かしおる」

「これはしたり。わたくしがいつ、お奉行を化かしました？」

「おや、白《しら》を切るのか……」

奉行が微笑む。

「わしは狸に化かされて、四面楚歌《しめんそか》だった『八丁堀の狐』贔屓《びいき》になっておる。わしの勘違いかな？」

「え、へへへ」

三角は笑うしかない。まったく、そのとおりだった。

「うふふふ、尻尾を出しおったか。よいわ！　どうせ化かすなら、とことん化かせ。

幽霊退治、狐と狸に任せたぞ」

奉行が駕籠に乗り、城に向かうのを見送って、三角は内心で唸った。

〈この奉行、見かけによらず、案外、長続きしそうだぜ！〉

それから書庫へ向かい、幽霊たちの生前の名を調べはじめた。

狐崎十蔵は、「狐の穴」にいた。

伊佐治、猪吉、鹿蔵、蝶次は出かけ、さっきまで、お吉とお袖の話し声が聞こえていたが、いまは静かだ。

女ふたりは、もうすぐ咲く桜の花見に、黄八丈《きはちじょう》の小袖を新調したいと、はしゃいでいた。

黄八丈は八丈島特有の染色を施した織物で、歌舞伎芝居の娘役の衣装で評判を呼び、その鮮やかな黄色が人気になっていた。

「黄八丈か……」

十蔵は呟く。

「八丈島の織物だ」

十蔵は遙か遠い島を思い、遠島に処せられる主な罪を、脳裏に浮かべてみた。

〈博奕《ばくち》の胴元〉

〈博奕場を提供した者〉

〈武家屋敷や辻番所で博奕をした者〉

彫常はこの三つの罪に該当している。捕まれば遠島は免れなかったであろう。

その他の罪も思い浮かべる。

〈口論のうえの喧嘩で重傷を負わせた者〉

〈過失で人を殺した者〉

〈子殺し〉

〈弟妹、甥姪《おいめい》殺し〉

〈幼女に不義をしかけ、負傷させた者〉

あとは……浮かんでこない。

〈こんなものだろう〉

その他には、死罪になる罪を犯した者が、情状酌量《じょうじょうしゃくりょう》などで死一等を減じられ、遠島になる場合があった。

それから十蔵は、博奕の胴元の罪などで八丈島に流された、彫常の二十年に及ぶ流人生活を思い遣った。

〈島の流人小屋で二十年も暮らして、赦免されずか〉

二十年は、いかにも長い。しかも、それで終わりではなく、おそらく死ぬまで、絶望的な時が続く。

彫常でなくとも、一《いち》か八《ばち》かの島抜けという博奕を打ちたくなる。

そこで満を持し、七人の仲間と島抜けを決行した。が、船が転覆して、全員が死んだという。

〈彫常は、そんな盆暗《ぼんくら》か〉

違うだろう。

これは彫常の手妻《てづま》（手品）だ。二十年間、海を眺めて練りに練った、島抜けの手妻だ。

その手妻に、島役人、島民、流人たちは、まんまと欺かれたが、江戸から眺めれば傍目八目《おかめはちもく》で、そりゃ、おかしいということになる。

櫓や、竿や、板切れが打ちあげられた浜に、二人の流人の死体だけというのが、どうにもおかしい。

もっと多くのものが流れ着かないと、納得できない。手妻の種は、そこらあたりにありそうだった。

「三角は遅いな」

ぼそりと呟く。

「ぐずぐずしていたら、三本目の鎧通が、誰かの心の臓に突き立てられるぞ」

いまや十蔵は、彫常ら五人の生存を、すこしも疑っていなかった。

そして一刻も早く、島抜けに加わった七人がどういった人間か、詳しく知りたかった。

「それさえわかれば……」

十蔵は板敷きの道場に立った。
「彫常の手妻の種を明かしてみせる」
気が逸《はや》った。
「らしくねえぜ」
自分《おのれ》を叱り、柔術の構えをとった。
ぱーん！
前方に転がり、受け身をとる。
ぱーん！
右斜め前方に転がり、
ぱーん！
左斜め前方に転がった。
ぱぱーん！
今度は後方に転がって、両手で強く受け身をすると、ようやく平常心を取り戻した。

二

ごおーん！

本所入江町の暮れ六つ（午後六時）の鐘が鳴った。

広間に「狐の穴」の手下を集めている。

朝は加わらなかったお吉とお袖もいた。

十蔵は、奉行所から戻った三角の報告をまっ先に聞いて、「狐の穴」の総力戦を覚悟した。

お吉もお袖も、有力な戦力だった。

むろん、彫常の手妻の種明かしはできた。あとでみなに伝えるつもりだ。

三角が控帳を手に取って、ごほん、と咳払いをひとつした。

「彫常の島抜けの計画に加わった流人は七人。一年前の三月二十四日の早暁、漁船を盗んで、島抜けを決行しております」

三角は逸る気持ちを抑えるように、淡々とした口調で七人の流人の名を読みあげていく。

「彫常こと駒形の常治郎《つねじろう》、五十歳。博奕。流人歴二十年——。

上州無宿の熊造《くまぞう》、二十九歳。追剝《おいはぎ》。流人歴十年——。

坊主の覚禅、三十歳。女犯。流人歴七年——。

破落戸《ごろつき》浪人の花井伝一郎《はないでんいちろう》、三十五歳。押込《おしこみ》。流人歴六年——。

新吉原の遊女玉菊《たまぎく》ことお玉、二十二歳。傷害。流人歴五年——。

大工の米吉《よねきち》、二十五歳。失火。流人歴三年——。

木更津《きさらづ》の漁師の喜八《きはち》、二十七歳。喧嘩殺人。流人歴二年——。

この七人の流人が島から姿を消し、その日のうちに上州無宿の熊造と、破落戸浪人の花井伝一郎の死体が、盗まれた漁船の櫓や竿や板切れと一緒に、浜に打ちあげられた」

三角が息を継ぐ。と、お吉がすかさず訊ねる。

「それって、漁船が転覆したってことでしょう。それじゃ、あとの五人も助からなかったんじゃないの？」

「ええ、島役人をはじめ、島民も流人も、島抜けの七人を乗せた漁船は、黒瀬川を乗り切れずに転覆したと判断したようです。

それで島じゅう総出で残る五人の死体を探しましたが、黒潮に流されてしまったらしく、ついに見つけることができませんでした。島の者は誰一人として、この五人が島抜けに成功したとは、考えなかったということです」

「ところが、まんまと成功していた……」

十蔵が悪戯《いたずら》っぽい目で一座を見まわし、しきりに頷いている伊佐治の姿に目をとめた。

「伊佐治、おめえには彫常が、どんな手妻を使って島抜けを成功させたか、わかっているようだな」

「へい、なんとなく……」

伊佐治は曖昧な笑みを浮かべて答えると、控帳を持つ三角を見た。

「狸の旦那、死んだ上州無宿の熊造と、破落戸浪人の花井伝一郎は、島の流人たちに何かと無法を働く、疫病神《やくびょうがみ》のような、嫌われ者ではございませんでしたでしょうか?」

「そのとおりだ。二人は流人たちの鼻つまみ者だったようだが、どうしてわかった?」

「おそらく、熊造と花井伝一郎は、船が転覆して溺れ死んだのではなく、五人に漁船から突き落とされたんでしょう。

あるいは船に乗る前に殺されていたのかもしれやせん。彫常は島抜けを決意すると、島に残る流人たちのために、疫病神の二人の始末をしてやり、しかもその死体を無駄にせずに、船が転覆したように見せかけるために利用したのです」

十蔵は舌を巻きながら聞いていた。

これでは伊佐治に、彫常の手妻の種明かしをされてしまいそうだ。が、それはそれで頼もしいことだと思う。

おそらく、博奕打ちの代貸だった伊佐治は、島抜けの経験談を数多く聞いているのだろう。

伊佐治が、ちらっと十蔵を見た。

〈続けろ〉

十蔵は促した。

「彫常こと駒形の常治郎は……」

伊佐治の声に弾みがついた。

「事前に調べておいた浜に打ちあげる潮の流れに、二人の死体と漁船の櫓や竿や板切れを投げ捨てて、あたかも漁船が転覆したように見せかけ、別に用意した櫓を使って黒瀬川を乗り切ったに違《ちげ》えありやせん。

むろん、漕ぎ手は木更津の漁師の喜八で、彫常は二年前に漁師の喜八が流されてきたことで、二十年かけて慎重に練ってきた島抜けの計画を、実行に移す気になったんじゃねえでしょうか」

十蔵は唸った。完璧《かんぺき》な種明かしだ。

伊佐治に負けた。が、満足だった。

手下の成長を素直に喜んで、莞爾《かんじ》と笑った。

三角は、手を打って喜んだ。

「こいつは吃驚仰天《びっくりぎょうてん》、驚き、桃の木、山椒《さんしょ》の木ですな。まったく伊佐治の言うとおりだ。首謀者の彫常、女犯坊主の覚禅、遊女玉菊ことお玉、大工の米吉、木更津の漁師の喜八の五人が、島抜けを成功させて、江戸に舞い戻ってきていることが、諸々《もろもろ》の状況から判断して濃厚になりました。『これは前代未聞の椿事《ちんじ》だ！　大失態だ！　腹を切る者が出る！』とお奉行は頭を抱えてしまわれた」

三角はそこまで言って言葉を切り、控帳を静かに閉じた。

あとは十蔵に任せるつもりのようだ。

「そこでおれが、幽霊退治を命じられることになった」

三角の後を受けて、十蔵は苦笑まじりに言った。

「八丈島で死んだことになっている、五人の流人の幽霊だ」

こほん！　咳払いをする。

「ところが、どっこい、五人は幽霊なんかじゃねえ」

声を強めた。

「鬼だ！」

さらに激しく言い放った。

「地獄から生還した五匹の復讐鬼だ！」

十蔵は緊張した面持ちの一座を見渡す。

「島抜けは、捕まれば死罪だ。

それを承知で江戸に舞い戻り復讐を始めた五人は、最初《はな》っから命を捨ててかかっている。

この世で死んだつもりの人間ほど手強《てごわ》いものはない」

「そ、それじゃ……」

伊佐治が、喉《のど》に痰《たん》がからんだような声で訊く。

「谷中と深川の鎧通による殺しは、この五人の復讐というわけで？」

「そのとおりよ。

谷中建命院の隆禅は、女犯坊主の覚禅の復讐だ。

おそらく隆禅に訴人をされて島流しになった恨みを晴らしたもので、それを他の四人が手伝った。同じように……」

十蔵は畳み込むように話を続ける。

「門前仲町の湊屋茂兵衛は、木更津の漁師喜八の復讐を、他の四人が手伝ったものだ。

喜八は茂兵衛に嵌《は》められ、それが原因《もと》の喧嘩で湊屋の若い衆を殺したために島流しになった。恨み骨髄《こつずい》だったのだろう。

結局、この二つの殺しが、覚禅と喜八の生存を発覚させ、島抜けの成功を疑いなきものにしてくれた」

こほん！　また咳払いをした。

「さて、どうやって鬼を退治するかだが、……三角、残る三匹の復讐の相手がわかるか？」

「本日は覚禅と喜八の調書《しらべがき》にしか目を通せませんでしたが、明日は彫常、お玉、米吉を詳しく調べてみます。

それで残る三人が恨んでいる相手の見当がつくでしょう」

「よし、頼むぞ」

十蔵は三角から伊佐治に目を転じる。

「いま、五人は一緒にいると思うか？」

「たぶん、一緒でしょう。と言うより、江戸に身内がいる彫常親分と一緒でなきゃ、他の四人は何もできねえでしょう」

伊佐治は考えながら慎重な物言いになる。

蛇《じゃ》の道は蛇《へび》。

この件では伊佐治の経験が物を言った。

「それに入墨者《いれずみもの》は目立ちますし、銭湯にも入れやせんから、どこか町から離れた場所の、風呂場がある屋敷に匿《かくま》われているんじゃねえでしょうか」

遠島になった五人の左腕の上腕部には、幅三分（約一センチ）の二本筋の入墨が、一生消えぬ輪になって刻まれているはずだった。

「なるほど、風呂場がある屋敷か……。となると、町屋は内風呂が禁じられているから、武家屋敷ってことになるな」

「たしか、彫常が遠島になったのは、旗本屋敷で賽子賭博《さいころとばく》を開帳したからだと聞いておりやす。あっしは、そこらあたりから探りを入れてみやしょう」

「そうしてくれ」

十蔵は答え、さらに猪吉、鹿蔵、蝶次を見る。

「お前たちも伊佐治を手伝ってくれ」

「へい！」

猪《いの》、鹿《しか》、蝶《ちょう》の三人が声を揃えた。

この名前は、花札《はなふだ》好きの掏摸の親方、仏の善八《ぜんぱち》が付けた名で、三人とも親の顔も名も知らぬ孤児《みなしご》だった。

その仏の善八は、お吉が十三歳のとき、浅葱裏《あさぎうら》（田舎侍）の懐《ふところ》の財布を掏《す》ろうとして斬られて死んだ。それからは、お吉が親方代わりになって、三人を育てていた。

猪吉はずんぐりむっくりで頭が良く、鹿蔵は長身で滅法《めっぽう》足が速く、蝶次は美男で華麗な身ごなしが特徴だった。

十蔵は、素直に成長した三人を眺め、話の纏《まと》めに入った。

「五人の復讐鬼の大将は言うまでもなく、駒形を拠点にして浅草あたりで一世を風靡《ふうび》したという、彫り師で博奕打ちの親分だった、彫常こと駒形の常治郎だ。駒形堂《こまがたどう》から雷門《かみなりもん》の間に古くから住んでいて、四十半ばを過ぎた人間なら、大概が彫常の顔を知っている。飽《あ》かずに聞き込みをしていれば、最近、見かけたなんて話が聞けるかもしれねえ。

おれが何を言いたいかわかるな。捕り方の探索は、地道な商売の秘訣とまったく同じで、一にも二にも根気と粘りで、三、四がなくて、五も根気と粘りだ」

「へい！」

元気に答えた三人が、顔を見合わせて笑いを怺《こら》えている。

「どうした？」

「へい」

猪吉が口ごもる。

「へいじゃ、わからねえ」

「じつは、あっしら三人が餓鬼のころに聞いた、お吉姐御《あねご》の説教が、いまの狐の旦那とまったく同じでして、毎朝、飯を食う前に暗唱させられたんです」

神妙な顔で答えた猪吉が、鹿蔵と蝶次に合図を送り、三人が声を揃えた。

『掏摸というのは、一にも二にも根気と粘り、三、四がなくて、五も根気と粘り。今日も一日、根気と粘りで掏りまくろうぜ！』

「きゃ、ははは、お、ほほほ！」

真っ先に、お吉が身を捩《よじ》り、弾けるように笑いだした。

「あったわねえ、そんなこと」

何の屈託もない、明るい笑顔だ。

お吉は掏摸であったことを、すこしも恥じていない。

十蔵と三角も腹を抱え、猪、鹿、蝶の三人は、してやったりの顔で笑い、伊佐治とお袖は、遠慮がちに笑った。

やがて、笑いが止む。

「わっちの背中の弁天さまは……」

お吉が弁天のお吉の昔に戻った顔で言う。

「彫常の従兄弟《いとこ》の彫政《ほりまさ》に彫ってもらったのよ。挨拶がてら駒形の彫政に顔を出して、様子を探ってこようか。

ついでだから、色揚《いろあ》げをしてもいいな。それなら怪しまれないわ」

色揚げとは、色の褪せた古い刺青に、色を入れ直すことだ。これをしないと、刺青が枯れてしまう。

「よ、よせ！」

思わず十蔵は慌てた声を出す。

「女掏摸の弁天のお吉が八丁堀の狐の女になったことは、裏の世界じゃ知らねえ者《もん》はいねえんだぜ」

「あら、それがどうかした？」

「弁天のお吉を人質にとられたら、八丁堀の狐は身動きがとれなくなる。それは悪党どもの言いなりにならざるを得なくなるということで、おれは殺され、お吉も酷い目に遭う。

頼む。大人しく、四つ目屋忠兵衛をやっていてくれ」

「ふん、つまんない」

お吉が唇を尖らせた。

「伊佐治さんや猪吉、鹿蔵、蝶次らは、面白そうに外で活躍しているのに、わっちゃ、薄暗い四つ目屋の店の中で、朝から晩まで張形《はりがた》ばっかり磨いているだけなんて。しまいには頭が変になってしまいそう。

夜、お布団に入って目を瞑《つむ》ると、瞼の裏で張形がくねくねと踊っているのよ。そうよね、お袖ちゃん」

お袖が困ったような顔で笑っている。

本所入江町の岡場所の女郎だったお袖は、店番から、賄《まかな》い、掃除、洗濯と、お吉を手伝って休む間もなく働き、その忙しさがいまは楽しくて堪《たま》らない様子だった。

「わ、わかった。二人に何か買ってやろう」

十蔵が懐柔策《かいじゅうさく》に出る。

「おほほほ、本気にするわよ」

「武士に二言《にごん》はない」

「ありがとう。これであたしとお袖ちゃんは、今年の墨田堤《すみだつつみ》の夜桜見物に、揃いの黄八丈を着ていけるわ」

「狐の旦那……」

伊佐治が、遠慮がちに言う。が、その目は真剣だ。

「あっしが彫政に、刺青を彫ってもらっちゃいけねえでしょうか」

十蔵は、すうーっと表情を消し、じっと伊佐治を見た。

非情な目の色だ。

目の奥で青白い狐火が揺らぐ。

「彫政は、おめえがおれの手下だって、知ってるぜ」

「でしょうが、殺しゃしねえでしょう」

「が、針で責め苛《さいな》まれる。拷問だぜ」

「我慢《がまん》、してみせやしょう」

「ふふふ、その覚悟なら、やってみな。たぶん彫政は、彫常を匿《かくま》っている。さて、どう動くか、目が離せねえな。彫代《ほりだい》はおれが持ってやろう」

十蔵は笑い、普段の何食わぬ顔に戻った。

三

しばらく暖かな日が続き、桜が一気に咲いた。

湊屋茂兵衛の殺し以来、島抜けの五人は鳴りをひそめている。

「狐の穴」は必死に五人を追っていたが、その影さえ踏めずにいた。

〈いよいよ奥の手か……〉

伊佐治は彫政の家の前に立っていた。

〈さすがに震えがくるぜ〉

中に入ったら、生かすも殺すも、彫政の腹ひとつ。二度とお天道《てんとう》さまを拝めないかもしれなかった。

〈なにくそ……〉

丹田《たんでん》に力を込める。

〈おれは一度死んだ人間だ!〉

心の中でそう叫ぶと、気分が軽くなった。

実際、一度死にかけていた。

深川万年橋《まんねんばし》で、本所の般若《はんにゃ》の五郎蔵一家と、深川の閻魔《えんま》の辰蔵《たつぞう》一家が喧嘩をしたときのことだ。

伊佐治は五郎蔵一家の代貸で、形《なり》は小さいが、喧嘩は滅法強く、長脇差《ながどす》を風車にして、辰蔵一家の子分らを撫で斬った。

殺しはしない。手足を斬った。伊佐治が得意の鎌鼬《かまいたち》流剣法だ。

喧嘩は五郎蔵一家のほうが押し気味だった。

ところが、辰蔵一家には、西山一軒《にしやまいっけん》という、阿片《あへん》中毒の凄腕の用心棒がいた。斬人鬼《ざんじんき》だ。

やくざ剣法が通じる相手ではない。

不気味な目で睨まれ、怖ろしさに身が竦《すく》んだ。まさに蛇に睨まれた蛙だった。

きらり、白刃《はくじん》が鞘走《さやばし》り、ひゅっ、と刃音を聞いた。

地から走った刀刃《とうじん》は、顎を割り、右頬を裂き、右目を掠《かす》めて、天に抜けた。

伊佐治は血飛沫《ちしぶき》をあげて小名木川《おなぎがわ》に転落した。

五郎蔵一家は敗走し、早合点した親分は、死体のないまま伊佐治を弔い、墓を建てた。が、伊佐治は生きていた。

八丁堀の狐に小名木川で拾われ、町医者玄庵《げんあん》の荒療治と、お袖の看病によって、三途の川の途中から引き戻されたのだ。

奇跡的に九死に一生を得た。と言うより、五郎蔵一家の代貸だった博奕打ちの伊佐治は死んで、八丁堀の狐の手下、岡っ引きの伊佐治として生まれ変わった。

そして、般若の五郎蔵、閻魔の辰蔵、用心棒の西山一軒らは、地獄へ去った。

〈どうせ運良く拾った命……〉

伊佐治が自分《おのれ》を鼓舞するかのように唱える。

〈どこで落とそうが未練はねえ。世のため人のため、お役に立てりゃ本望よ！〉

ぱしっ！

刀疵《かたなきず》のある顔を、両手で張る。

もう一丁！

気合いを入れると彫政の家に入り、声をかけた。

「ごめんよ」

返事がない。静かだ。が、人がいる気配はした。

「ごめんよ！」

声を高くした。

「うるせえな！」

廊下の向こうの部屋から声がした。

「生憎《あいにく》だが、罔っ引きは間に合ってるぜ。帰《けえ》ってくんな」

どうやら声の主は彫政のようだ。

家の前に立っているのを見られたらしい。

なかなかどうして、手強《てごわ》そうだ。

伊佐治が疵のある頬に苦笑を浮かべた。

〈ふっ、岡っ引きは間に合ってるか……。いまから正体が割れてりゃ、世話がねえぜ〉

ここらは雷門の勘市《かんいち》という博奕打ちの親分が、お上から十手を預かっていた。所謂《いわゆる》、二股膏薬《ふたまたごうやく》というやつだ。当然のことながら、評判は芳《かんば》しくない。その同類か、それ以下に見られているようだ。

「そうじゃ、ねえんで……」

伊佐治は腹を括《くく》って、姿を見せようとしない相手に、上がり框《かまち》から、半ば脅すような声をかけた。

仁義を切る！

まさにそれを大仰《おおぎょう》にやった。

「あっしは、北町の与力、八丁堀の狐こと、狐崎十蔵さまの手下をつとめる、切られの伊佐治と申す、お見かけどおりの駆け出しの岡っ引きでござんす。

本日、こちらさんに伺いましたのは、御用の向きじゃござんせん。

一人の客としてめえりやした。

伝説の彫り師、彫常親分の後を継がれた、彫政親分に刺青を彫ってもらいてえと思い立ち、矢も盾もたまらず、こうしてやってめえった次第です。

「どうか、あっしに、彫っていただけねえでしょうか」

伊佐治は敢《あ》えて八丁堀の狐と彫常の名を口にした。

どちらの名も、彫政が無視をするには、重すぎるはずだ。

果たして、部屋の襖《ふすま》が開いて、柿色の作務衣《さむえ》を着た、ごま塩頭の、偏屈《へんくつ》そうな小柄な五十男が廊下に出て来た。

彫政だ。

風貌は、弁天さまを彫ってもらったという、お吉から聞いていたとおりだ。

「生憎《あいにく》だが……」

彫政が、とりつく島のない口調で言う。

「わしはもう刺青は彫っていねえ。何日も張り込んでいて、それもわからねえようじゃ、あんたらの目は節穴か」

もしそれが本当なら、ぐうの音もないが、伊佐治が見ただけでなく、交替で張り込んだ猪吉、鹿蔵、蝶次も、刺青を彫る客の出入りを確認していた。

伊佐治がそれを言うと、

「あれか……」

と、露骨に嘲笑された。

「あれは色揚げの客だ。こればかりは断れねえ」

「ところで、八丁堀の狐はなぜ……」

と、彫政が目を尖らせた。

「ここを張り込ませる？　わしは博奕はやらねえぜ」

「じつは」

伊佐治が声をひそめた。

「ここに幽霊が出ると……」

「幽霊？」

「鬼が出るとも……」

「鬼？」

「五匹の復讐鬼が出ると、八丁堀の狐が言うんです」

「き、狐が……」

彫政の声が震え、顔色が青ざめた。

「そう言ったのか？」

「ええ」

伊佐治は頷き、一気に言った。

「狐崎の旦那は狐が憑くと、あっしらに見えないものが、はっきりと見えるようなんです。

それによると幽霊も鬼も、こちらの亡くなられた彫常親分らしいと……。彫政親分、お身内として、何か心当たり、ござんせんか？」

「ねえな」

彫政がそっけなく、伊佐治の目を見ずに答える。

「ま、上がってくれ」

殺風景な仕事場らしい部屋に通された。

棚に針の束や染料といった刺青の道具と、数枚の下絵が広げてあり、畳には薄い布団が敷きっぱなしになっていた。

奥に仏壇があった。

まだ新しい、立派な仏壇だ。

彫常の位牌が置かれ、蠟燭《ろうそく》が灯《とも》り、線香の煙が流れていた。

「見な、彫常はここにいるぜ。それなのに……」

彫政が、じろっと伊佐治を見返った。

「勝手に幽霊や鬼にされちゃ、浮かばれねえって、きっと怒っていなさる」

伊佐治は答えず、仏壇の前に正座して彫常の位牌に掌を合わす。

噂に聞いた彫常こと駒形の常治郎は、小柄で喧嘩が滅法強く、弱きを助け強きを挫《くじ》く、任侠道の鑑《かがみ》のような親分だったと聞く。

「脱ぎな」

彫政の冷たい声がした。

「え？」

「気が変わった。脱いで、そこの布団に俯《うつぶ》せに寝な」

「そ、それじゃ、彫ってくれるんで……」

伊佐治は虚を突かれ、狼狽《うろた》えながら下帯《したおび》ひとつになり、薄っぺらな布団に腹這《はらば》いになる。

「なるほど、切られの伊佐治か、疵だらけだ。が、さすが向こう疵ばかりで、背中はきれいなものだ。で、何を彫りたい。絵柄くらいは考えてきたんだろうな」

むろん、刺青を彫るならこれしかないという絵柄があった。

「不動明王をお願いいたしやす」

すると彫政が嘲笑した。

「ふふふ、やっぱり冷やかしか」

「え？」

「とぼけるな。じゃあ訊くが、なぜ不動明王なんだ？」

「そ、それは……」

「それ見ろ。答えられまい」

「そんなことはねえ。噂じゃ彫常親分は……」

伊佐治が自棄《やけ》っぱちのように声を張った。

「全身に不動明王を彫っていたと聞いたからだ。彫常親分はおれの憧れだった」

「ふん、ちびが、ちびに憧れていたってか」

「何だと！」

伊佐治が半身をがばっと起こす。噛みつかんばかりの物凄い形相になっていた。伊佐治にちびは禁句だった。

「すまん。あんたを試した」

すかさず、彫政が謝った。

「わしは不動明王は彫らない。従兄弟で師匠だった彫常が遠島になってから、不動明王は一度も彫ったことがない。あんたはそれを知っていて、わざと注文したのだと……。つまり、最初から彫る気はなかったんだと思っちまったんだ」

「おれは知らなかった」

彫政が不動明王を彫らない理由は、聞かなくてもわかるような気がした。

「絵柄は何でもいい。とにかく彫ってくだせえ」

「ふふふ、絵柄は何でもいいか。刺青を古着を買うのと一緒にされちゃ困るぜ。古着は何度でも買い換えができるが、刺青は一度着たら最後、死ぬまで脱ぐことができねえんだ。

後先考えずに、女の生首を彫ったりしたら、それを一生背負っていくことになる。もっとも、切られの伊佐治の背中にゃ、真っ赤な血の滴《したた》る女の生首が似合いそうな気もするがな。

あははは、冗談だ。もう彫る気はなくなった。さ、帰《けえ》ってくれ」

伊佐治は逆らわず、彫政の家を出ると、狐の穴に戻り、十蔵に一部始終を報告した。

「それで……」

十蔵が訊いた。

「何か摑めたか？」

「へい」

伊佐治は答えた。

「不動明王を彫らないはずの彫政の仕事場の棚に、結跏趺坐《けっかふざ》した不動明王の下絵が広げてありやした。たぶん、誰かに色揚げをするために見たものでしょう。が、彫政は、ここ二十年余り、不動明王を彫っちゃいません。となると、色揚げをしたか、これからする相手は一人。全身に不動明王を彫っているという、彫常しか思い当たらねえ」

「伊佐治、でかした」

十蔵が、莞爾《かんじ》と笑った。

四

江戸の桜は満開になった。

彫常は隠れ家の一室で、島で玉菊の背中に彫った、女郎蜘蛛《じょろうぐも》の刺青の色揚げをしていた。

静かだ。

ぷちぷちっと、針が皮膚を弾《はじ》く音がして、玉菊の声があがる。

「ひぃーっ！」

か細い、苦痛と喜悦の混じった声だ。

針の束の当たる位置で、あがる声の音色が変わる。

彫常はそれを楽しんでいた。

「ああーっ！」

隣の部屋で息を殺している覚禅、喜八、米吉には、玉菊のよがり声に聞こえるだろう。

色揚げは全裸でやる。

若い玉菊の体臭と、甘酸っぱい汗の匂いが、むんむんと部屋に充満して、息苦しい。

色揚げは大方《おおかた》終わっていた。

彫常は手を休め、隣室に声をかけた。

「見たけりゃ、開けて構わねえぜ」

その声が終わらぬうちに襖《ふすま》が開いて、三人が全裸の玉菊に歓声をあげる。

「わおう！」

三人には見慣れたはずの、それぞれが何度も抱いた玉菊の体が、まったく別の肉体に生まれ変わったかのように、女郎蜘蛛の刺青の周りの白い肌が桃色に輝いて見えた。

「すげえ！」

少々騒いでも気づかれない竹藪《たけやぶ》の中の一軒家だった。

小名木川が流れていて、近くに大島《おおじま》稲荷神社がある。

「た、たまらねえぜ！」

覚禅が玉菊の丸い尻を見て涎《よだれ》を垂らす。

「女郎蜘蛛が、生きてるみてえだ！」

喜八が感嘆の声をあげ、

「怖いくらい、綺麗ですね」

大工の米吉が、溜めていた息を吐いた。

吉原の女郎だった玉菊は、十六歳のとき客を簪《かんざし》で刺して傷を負わせ、八丈島に流された。

玉菊は、島に流されてからも、色里《いろざと》仕込みの特技を生かして、彫常を最初の客にした。

そして今度一緒に島抜けをした、女犯坊主の覚禅、大工の米吉、木更津の漁師の喜八も、みんな玉菊の小屋に通った客だった。

刺青は、玉菊が島に来て、一年ほどしてから彫りはじめた。

むろん島の流人に刺青は御法度《ごはっと》だ。彫っても彫られても、見つかれば罰せられる。

隠れてこっそり彫った。

しかも、彫り針も絵の具も、すべて手製だった。

彫常が長い流人生活の間に、彫る当てもなく、こつこつと拵《こしら》えた彫り針の束だ。

絵の具は、八丈島特産の黄八丈の織物を染める、黄色、鳶色《とびいろ》、黒色の染料を使った。

この三色を使う絵柄として、迷わず女郎蜘蛛《じょろうぐも》が浮かんだ。そう告げると、

「うふふふ、女郎蜘蛛は……」

玉菊は妖しく笑った。

「まぐわった雄《おす》を、むしゃむしゃと食べてしまうのよ」

刺青は三年かけて完成した。

最初に手鏡に背中を映して見たとき、玉菊は涙を流した。

「悔しいねえ。こんなに見事な女郎蜘蛛も、憎い男が江戸の空じゃ、食い殺すこともできやしない」

玉菊は簪で刺し殺し損ねた男を心底から憎んでいた。

そのうち、覚禅にも、米吉にも、喜八にも、恨みを晴らしたい相手がいることがわかった。

「わしにも江戸に殺してやりたい相手がいる」

彫常はそう言い、四人に島抜けを持ちかけた。

「このまま島で朽ち果てるか、江戸で恨みを晴らして死ぬか、考えてみちゃくれねえか」

四人は考えるまでもないと答え、島抜けの準備にかかった。

半年経って、決行の日が決まった。

すべてが順調だった。

ところが、決行の三日前、玉菊の客だった上州無宿の熊造と、破落戸《ごろつき》浪人の花井伝一郎に嗅ぎつけられた。

「へへへ、おれたちも仲間に入れてもらうぜ」

「いいだろう」

彫常は二人に笑顔で答え、内心では殺そうと決心した。

疫病神の二人が死ねば、流人も島民も喜ぶ。二人の死体は、二十年間世話になった島への置土産だと思った。

三月二十四日の早暁。

「さあ、江戸に戻ろう！」

彫常の声を合図に七人は船を漕いだ。

沖を流れる「黒瀬川」の手前に、島に向かう潮流があった。

そこで熊造と花井伝一郎を海に突き落とした。

「わあっ、こ、この野郎！」

熊造と花井伝一郎が、海中でわめいた。

「な、何だ、騙しおったな！　おのれ、容赦はせぬぞ！」

物凄い形相で腕を伸ばし、船縁《ふなべり》を摑もうとした。

「二人とも大人しくしなせえ！」

喜八が櫓で、頭を叩いた。

海中に没した二人が、島に向かって流されていき、喜八が用意した櫓と竿と板切れを投げ入れた。

「あははは、これでわしらも死んだことになる」

彫常の哄笑《こうしょう》が暗い海面に散っていった。


覚禅、喜八、米吉が見守るなか、玉菊の色揚げが終わった。

「お玉、よく頑張った。見てみな」

彫常は玉菊に手鏡を渡した。

「このあと、湯船《ゆぶね》で洗ったら、もっと色が鮮やかになる」

湯船とは船の中に設けた湯屋のことだ。

本所、深川には銭湯が少なく、船に風呂を据えて板囲いをし、掘割《ほりわり》を回る湯船が繁盛していた。

「ぼちぼち源次《げんじ》が来るころだ」

源次は見事な一匹龍の刺青をした湯船の船頭で、歳は三十前後、従兄弟の彫政の手下だった。

「あ、銅鑼《どら》が……」

　玉菊が耳を傾ける。

「湯船が来たわ」

　源次の湯船は、大島稲荷神社の下に来ると、合図の銅鑼を鳴らした。

　彫常が湯船に行くと、源次が囁いた。

「山崎屋の若旦那の花見は明日だそうです」

「そうか、いよいよ明日か……」

　彫常の目が、ぎらっと光った。

　玉菊の背を洗って、色揚げの仕上げをしながら、憑かれたように喋った。

「ふふふ、玉菊よ、いよいよ明日になったぞ。

　島抜けを失敗して死んだはずの、吉原は羅生門河岸《らしようもんがし》の女郎の玉菊が、女郎蜘蛛の刺青を背に一世一代の大芝居を打《ぶ》って、薄情な世間の度肝《どぎも》を抜いてやるときがきた。

　どうでえ、お玉、いまの気分は？　怖かねえかかえ」

「あたい、やっと、深い、ふかーい恨みを晴らせるんだ。何を怖がれというのさ」

　玉菊が、張りのある声で答えた。

「今度こそ、あいつの心の臓へ、ぐさっと鎧通を突き立ててやるんだ！　それさえ叶えば、あたい、その場で死んだって本望なんだよ」

「ふふふ、お玉、勝手に死ぬのは許さねえ。鎧通は全部で五本。それを忘れちゃ、困るぜ」

彫常が、力強い声で言った。

「一本目で覚禅の恨みを晴らし、二本目で喜八の恨みを晴らした。明日は、三本目の鎧通で、お玉の恨みを晴らす。が、それで終わりじゃねえ。まだ四本目と、五本目が残っている。

これからどんどん面白くなるし、忙しくなる。五人の復讐を果たすまでは、贅《ぜい》沢《たく》に死んでなんかいられねえぜ」

第三章　黄八丈《きはちじよう》

一

春爛漫《はるらんまん》の暖かな日だった。
玉菊、覚禅、米吉が、先に隠れ家を出た。
遅れて、彫常と喜八も出る。
彫常は、富裕な町人の隠居の形《なり》をして、宗匠頭巾《そうしようずきん》を被っている。
喜八は船頭の形《なり》で、彫常の乗った猪牙舟《ちよきぶね》を漕ぐ。
大川（浅草より下流の隅田川）を遡《さかのぼ》り、満開の墨田堤の桜を眺める。
間もなく、玉菊の復讐劇が始まるはずだった。

長閑《のどか》だ。

桜は満開で、美しかった。

「どうでえ、喜八、見てみねえ。これがお江戸の桜だぜ」

彫常が、感に堪えぬといった声を出す。双眸《そうぼう》に、きらっと光るものがあった。

手の甲で拭った。

「わしは八丈島にいた二十年間に、恋しい江戸の満開の桜を何度夢に見たかしれねえ。が、なぜか夢で桜というと、上野でも浅草でも飛鳥山《あすかやま》でもなく、大川に浮かべた屋形船から眺めた墨田堤の桜が出てきたものだ」

彫常が、櫓を握る喜八に向けて、皺の刻んだ顔を突き出す。

「喜八、わしの頬を張ってみてくれねえか」

「えっ?」

「これが夢じゃねえと確かめてみねえことには、安心できねえ」

「あはは……」

喜八が笑う。そして弾む声を響かせた。

「彫常の親分、おれもこうして見てるんですぜ、夢のはずがねえ。

ゆったりと流れている大川の水も、風に乗って舞ってくる桜の花びらも、酔って大声で騒ぐ花見客の姿も、この目で見えるすべてのものが、いまお江戸で現実《うつつ》に起こっていることなんですぜ」

「そうか、お江戸の現実の世界か……」

彫常が、船縁《ふなべり》から手を伸ばし、大川の水を掬《すく》う。

「冷てえ！　あははは、確かに夢じゃねえや！」

猪牙舟は、彫常の無邪気に聞こえる笑い声も乗せて、ゆっくりと大川橋（吾妻橋）に近づく。

大川橋は、千住《せんじゅ》大橋、両国橋、新大橋、永代橋《えいたいばし》に次いで、二十余年前の安永《あんえい》三年（一七七四年）に架けられ、江戸期に大川五橋と呼ばれた橋の一つとなった。

「わしは……」

彫常がいかにも無念そうに顔を歪め、長さ八十四間（約百五十メートル）の大川橋を見あげる。

「この橋が架かった目出度《めでた》い日に、北町奉行所の役人に踏み込まれた。だから念願だった大川橋を一度も渡ることなく、八丈島に流されちまったんだ」

「そのとき役人の手引きをしたのが、あそこにいる雷門の勘市だったたんですね」

「そうだ。あの醜い、でぶっちょだ」

彫常が答え、大川橋東詰に鋭い視線を投げる。

そこには華やかな花見帰りの一団がいて、橋番の爺さんに、一人二文の通行料を払っていた。

「雷門の勘市は、二十年前にゃ、腹を空かせた野良犬のように痩せた三下《さんした》だったが、すっかり貫禄をつけて、今じゃ浅草界隈《かいわい》の大親分だという。

しかも博奕打ちの親分と、お上から十手《じって》を預かる、岡っ引きの親分の二股膏薬《ふたまたごうやく》というんだから、おそれ入谷《いりや》の鬼子母神《きしもじん》だぜ」

「そんな阿漕《あこぎ》な野郎なら……」

橋を見あげる喜八の目に、赤い憎悪の炎が揺らいだ。

「なぜ雷門の勘市を、真っ先に殺《や》っちまわねえんです？　いまなら簡単に殺れるでしょう」

「うふふふ、喜八、おめえは八丈島に何年いた？　あの絶望しか育たねえ島の流人小屋で、何年暮らした？」

「へい、二年ですが……」

「わしはその十倍の二十年だ。簡単に恨みを晴らしたんでは、わしの二十年が安すぎる。

あそこで得意げに笑っている雷門の勘市の髪の毛が、恐怖のために真っ白になるくれえの目に遭わせてから、地獄へ送ってやるつもりよ。

喜八、わしらはそうやると決めて、一《いち》か八《ばち》かの島抜けをしてきたんじゃなかったか？」

「へい、そうでした。が、目の前に復讐する相手の姿を捉えて、つい焦《あせ》ってしまいやした」

「うふふふ、喜八、わしらが島の流人小屋で練りに練った、復讐の策のひとつずつを、焦らずに、じっくりと、思う存分楽しみながら片づけていこうぜ。……そうら、見てみねえ、覚禅とお前に次いで、三番手の玉菊の登場だ！」

彫常が猪牙舟の胴に立ちあがり、大川橋の西詰を見あげて、何かに祈るように、ぱんと手を叩く。晴れ晴れとした顔で、力強く言った。

「玉菊が、この日のために拵《こしら》えた、黄八丈の小袖の鮮やかな色合いを見てやりねえ。

黄色地に鳶《とび》と黒の縞模様が走って、わしが玉菊の背中に精魂込めて彫った、女郎蜘蛛の刺青の色合にそっくりじゃねえか」

「まったくで……」

猪牙舟が橋に寄り過ぎないように櫓を操りながら、喜八が感嘆の声をあげる。

「おれは、あんな綺麗な刺青、はじめて見やした。それで玉菊を女郎蜘蛛の化身《けしん》と、しばらくは本気で思っていたくらいです」

「ふふふ、そうかもしれねえぜ。そうら、女郎蜘蛛のお玉の張った蜘蛛の巣に、狙った獲物が近づいていくぜ。……さあ、ここで覚禅と米吉の出番だ。二人とも抜かるんじゃねえぞ！」

その彫常の声が届いたかのように、大川橋の上から、白木綿の単衣《ひとえ》に、手甲《てっこう》、脚絆《きゃはん》、甲掛《こうがけ》で腕の入墨を隠した、願人坊主《がんにんぼうず》の恰好の覚禅と、紺色の手甲、脚絆、腹掛《はらがけ》、半纏《はんてん》の職人姿の米吉が、猪牙舟に向かって合図を送ってくる。

「おっ、今日の米吉はいい面《つら》をしてやがる」

島抜け以来、どこか沈みがちな米吉を心配していた喜八が、嬉しそうに言う。

「こいつは思ったより頼りになりそうですぜ」

彫常は、じっと虚空に目を据え、大川橋に満ちてくる、復讐という名の怨念の鼓動を聞いていた。

二

花見帰りの一団は賑やかだった。

蔵前の札差《ふださし》山崎屋の若旦那新之介《しんのすけ》を中心に、取り巻きの悪友数人、手代の由《よし》蔵《ぞう》、着飾った吉原芸者が三人、幇間《ほうかん》の瓢六《ひょうろく》、山崎屋出入りの親分で、二足《にそく》の草鞋《わらじ》を履《は》く雷門の勘市と、その子分数人、用心棒の浪人ら総勢十数人が、傍若無人の大声で吉原《なか》へ繰り出す相談をしながら、大川橋の半ばに差しかかった。

と、行く手で、江戸の華《はな》の喧嘩が始まった。

「てめえ、このくそ坊主！」

気の短そうな若い職人が、願人坊主の胸倉をつかんで怒鳴っている。

「叩《たた》っ殺してやる！」

職人が拳固《げんこ》で坊主の顔を殴り、鼻血を噴き出した願人坊主が、二、三間《げん》先に吹っ飛ぶ。喧嘩は圧倒的に若い職人が強そうだった。

「ひゃーっ！」

願人坊主が這って逃げながら叫ぶ。

「か、勘弁してくれ！」

「うるせえ！」

職人が願人坊主の股間を蹴飛ばす。

「死にやがれ！」

これは痛い。

「ぎゃあーっ！」

悲鳴をあげた願人坊主が、大人数の花見帰りの一団に飛び込み、山崎屋の若旦那の新之介に縋《すが》りついた。

「こ、殺されます！　ど、どうか、お助けください！」

「邪魔するねえ！」

すぐに追いついてきた職人が、願人坊主もろとも新之介を突き飛ばした。

「この願人坊主は、おいらの嬶《かかあ》と昼間っから乳繰《ちちく》り合っていやがったんでえ！」

職人はひどく酔っていた。酔眼で新之介を睨む。

「さてはてめえもこの願人坊主の仲間だな。

く、くそう！

にやけた面しやがって、てめえもおいらの嬶と乳繰り合ったに違《ちげ》えねえ！

こうなりゃ、ついでだ。てめえも、ぶっ殺してやる！」

新之介の胸倉をとるより早く、ぽかりと殴った。

「わっ、わあっ！」

若旦那が目を剝いて悲鳴をあげる。

「お、親分！」

雷門の勘市が、弾かれたような顔で、大声で怒鳴った。

「この野郎！　若旦那に何をしやがる」

すると、願人坊主と職人が、雷門の勘市に体当たりを喰らわせ、倒れたのを踏みつけて、本所側へ逃げ出す。

「お、追え！」

勘市が懐から十手を取り出して喚《わめ》く。

「その二人を召し捕れ！」

雷門の勘市と、子分と、用心棒が、血相変えて追いかける。他の者も、必死に逃げる願人坊主と職人の姿を目で追った。

ふと、新之介は、背後に人の立つ気配と、伽羅《きゃら》の芳香《ほうこう》を嗅いで振り向く。

「新さん！」

新之介の名を呼んだ、鮮やかな色彩の黄八丈の小袖を着た妖艶《ようえん》な女が、ふわりと柔らかに抱きついてきた。

「うぐっ！」

新之介は呻《うめ》き声を洩らす。

胸が灼けるように熱い！

冷たく光る短刀の厚い刀刃《とうじん》が、胸に突き刺さっていた。

「新さん、これは鎧通よ。前の簪《かんざし》とは違うわ」

黄八丈の女が、新之介の目を覗き込んで言った。

「た、玉菊！　ど、どうして！」

新之介が苦痛と驚愕で血の気を失う。がくがくと体が震えた。

「新さんにこうしたくって……」

玉菊が艶然《えんぜん》と笑った。

「島抜けをしてきたの。……どう、気分は？」

「わ、わたしが悪かった。ゆ、許してくれ！」

「おほほほ、もう遅いわ！　女の恨みの怖ろしさを思い知るがいい！」

玉菊が、ぐいっと鎧通の柄《つか》を押し、心の臓に刀刃を深々と埋める。

「うむっ！」

新之介が断末魔の声を漏らし、胸に鎧通を突き立てたまま、どうっと仰向けに倒れた。

「きゃあーっ！」

吉原芸者が、大きな悲鳴をあげた。

「ひ、人殺し！　わ、若旦那が殺された！」

その声に仰天した雷門の勘市たちが、願人坊主と職人の追跡どころではなく、慌てて駆け戻ってくる。

玉菊は裸足で橋の欄干《らんかん》に立っていた。

身を躍らせる構えだ。

黄八丈の小袖の裾が割れ、緋色の腰巻と、内股の白い肉が覗く。

ぞっとするような妖艶さだ。

「あ、あの女が、若旦那を……！」

吉原芸者が玉菊を指で差して声を震わせ、幇間の瓢六が素《す》っ頓狂《とんきょう》な声をあげた。

「こ、この女、若旦那を簪で刺して傷を負わせ八丈島に流された、京町一丁目の山田屋の玉菊でげす！」

「そうよ、瓢六さん」

玉菊が声を張った。

「覚えていてくれて嬉しいわ。あのときは失敗したけど、ほら、ご覧、新さんの命、今度はちゃんと頂いたわよ」

「こ、この阿魔《あま》！」

雷門の勘市が、鬼のような形相になって十手を構える。

「な、何てことをしやがったんだ！　なぜ若旦那を殺しやがった？」

「あら、理由は親分もよくご存じのはずよ。

新さんは、あたいが袖にしたのをいつまでも根に持って、あたいのことを瘡毒《そうどく》（梅毒）持ちの遊女だと、瓢六さんら口達者な幇間を遣って、廓《くるわ》じゅうに噂を撒き散らしたんだ。

お蔭であたいは羅生門河岸に堕《お》とされた。

あそこはこの世の地獄さ。瘡持《かさも》ちの客も多くて、いつ感染《うつ》されるかわからなかった。新さんの質《たち》の悪い嘘が、本当になってしまうんだ。

あたいは新さんを恨み、呪った。殺してやると、心に誓った。

そうしたら、新さんが羅生門河岸に、あたいの惨めな姿を見物しようと、取り巻きを連れてやって来たのさ。

あたいは怒りで頭が真っ白になり、夢中で簪を抜くと、溝板《どぶいた》を鳴らして、新さんに体当たりをしていた。

でも、しくじった……、簪じゃ、殺せなかった」

「わしが取り押さえたんだったな。それで遠島になったが、島抜けをして、また若旦那を襲ったのか。なんて執念深い阿魔なんだ！」

雷門の勘市が、じり、じりっと、玉菊に接近する。

「もう一度わしが召し捕って、今度こそ獄門にしてやるから、覚悟しやあがれ！」

「寄らないで！」

玉菊が鋭く叫ぶ。

「飛び降りるわよ！」

欄干《らんかん》の上で玉菊の細い体がぐらりと揺れる。

「ま、待て！」

勘市が慌てる。橋から落ちれば、九分九厘死ぬだろう。死ぬのは構わぬが、その前にどうしても聞いておきたいことがあった。

「玉菊、お前は……」

と、足を止め、声をひそめる。

「ほ、彫常と一緒なのか？」

「そうよ、彫常親分と一緒に、鳥も通わぬ八丈島から、はるばる大海原を越えて、花のお江戸に戻ってきたのさ」

玉菊が一段と声を張って答えた。

「駒形の彫常親分は、二十年前に大変お世話になったという、雷門の勘市親分と会う日を、そりゃあ、楽しみにしているわよ」

ぶるる！

雷門の勘市の、だぶついた頰の肉が、音を立てて震える。

がちがち！

歯の鳴る音も聞こえた。

「おっほほほほ……」

玉菊が、甲高《かんだか》い声で笑った。

「彫常親分の復讐はこれからよ。うんと怖がるがいいわ！」

高らかに言って、玉菊の足が欄干を蹴った。

「おおっ！」

黄八丈を着た玉菊の姿が、まるで大きな揚羽蝶《あげはちょう》が空に向かって飛び立ったように見え、どよめきが大川橋を包んだ。

「綺麗《きれい》！」

三人の吉原芸者が、感嘆の声をあげた。

「に、逃がすな！　追えーっ！　ふ、船を出せ！」

雷門の勘市の声が、空《むな》しく風に流れた。

「おっ、玉菊が飛んだぞ！」

猪牙舟の彫常が叫ぶ。

「喜八、拾え！」

猪牙舟が、落下してくる玉菊に向かう。

玉菊は、体を丸くして落ちてくる。

どぼん！

水音が立った。

黄色の丸い玉が、水中深く沈んでいく。

いつまでも浮いてこない。

やがて、丸かった黄八丈が、だらりと長く伸びて、ゆらりと水中に漂う。

溺れた！

大川橋がどよめく。

死んだ！

橋から見下ろすと、黄八丈を着た死体が漂っているように見える。が、これも彫常の深謀遠慮《しんぼうえんりょ》の策の一つだった。

玉菊は、水中深く沈んでいきながら、黄八丈の小袖を脱ぎ捨てて、そっと猪牙舟の横に浮き上がっていたのだ。

「お玉、掴まれ！」

彫常が腕を差し伸べる。

「あたい、やったよ」

彫常の腕に掴まった玉菊が、声を弾ませる。

「ああ、すっきりした。新さんを刺してやった。あたいはもう、いつ死んだっていいわ」

「よくやった。が、死ぬのはみんなの復讐を果たしてからだ。それを忘れるな」

小柄な彫常が、五十歳とは思えぬ腕力で、半裸の玉菊の濡れた体を、ぐいっと水中から引き揚げると、猪牙の胴に横たえ筵《むしろ》を被せた。

「こっちの筋書きどおりに運んだぜ。いや、筋書きを上まわる、見事な首尾《しゅび》だ。玉菊は言うまでもなく、覚禅も米吉もよくやった。ふふふ、これで雷門の勘市は、生きた心地がしねえだろう」

彫常は会心《かいしん》の笑みを洩らし、喜八を振り向く。

「それじゃ、引きあげようか」

「合点でえ！」

喜八が威勢よく応え、猪牙舟を流れに乗せると、矢のような速さで大川を下っていった。

三

「してやられたようだ……」

狐崎十蔵の澄んだ双眸《そうぼう》の深奥《しんおう》で、ゆらっと狐火が揺らぐ。

八丁堀の狐が心から本気になった徴《しるし》だ。

こうなったらもう止まらない。とことん獲物に喰らいつく。

何があろうと決して諦めず、その飽くなき執拗《しつよう》さが、悪党どもに恐れられていた。

「彫常たち五人は、玉菊の大胆不敵な行動からもわかるように、捕まることも、死ぬことも、すこしも恐れていない」

橋の欄干から身を乗り出し、夕暮れどきの大川の流れを覗き込んで、唸るような声をあげる。

「それでなきゃ、女だてらに、ここから飛び込めない」

三角が十蔵を真似て流れを覗き込み、くわばら、くわばらと首を竦《すく》めた。

「狐崎さまは……」

町人姿の三角が訊く。

「これは玉菊の単独の復讐ではなく、彫常ら五人の仕業と思うんですか？」

「そうだ、谷中、深川に続く三番目の復讐で、いよいよ五人は正体を現し、その挨拶代わりの派手な余興と思っていいだろう」

「人殺しが余興ですか？」

「余興で悪けりゃ、顔見世かな。わからぬか？」

「それじゃ、喧嘩騒ぎを起こした願人坊主と職人は……」

「女犯坊主の覚禅と、大工の米吉だ。……素人でも騙されないような古い手口だが、十手を預かる海千山千の雷門の勘市がまんまと引っ掛かった。それだけ覚禅と米吉の喧嘩の芝居が、真に迫っていたってことだろう。

それが証拠に、いまだに二人の喧嘩と玉菊の殺しを結びつけて考える者は少ない。つまり、狸をも化かす、名演技だったたってことよ」

「そ、それは認めましょう」

三角が、向きになった。

「しかし、肝心の彫常は、どこにいたんです？　それと漁師の喜八も姿を見せませんでしたよ」

「あははは、二人はいたさ。彫常は喜八が漕ぐ猪牙舟に乗って、玉菊が落ちてくるのを待っていた。

そう考えないと、二股膏薬の雷門の勘市が、大捕り物のつもりで水中から引きあげた黄八丈が、蛻《もぬけ》の殻《から》だったことの謎が解けない。

玉菊は、この欄干から大川に身を躍らすと、水中で黄八丈の小袖を脱ぎ捨てて、待機していた猪牙舟に拾いあげられた。

あとは櫓まかせ、運まかせ。大川を下って海へ逃げたんだろうが、運は彫常ら五人に味方をしているようだ。まったく、てえした連中だぜ」

「狐崎さま、感心してる場合ではないですよ。お奉行から、彫常の探索を任されたことを、忘れたのではないでしょうね」

「むろん忘れちゃいねえ。が……」

と他人事《ひとごと》のように言う。

「これで玉菊をはじめ、彫常、覚禅、米吉、喜八の五人が、八丈島から島抜けをしたことが、明るみに出ちまった。

そのうち瓦版屋が、谷中の隆禅、仲町の湊屋茂兵衛、山崎屋の新之介の心の臓に鎧通を突き立てたのが、島抜けをした五人の仕業であることを嗅ぎつけて、それを許した町奉行所の不手際を面白可笑《おもしろおか》しく書き立てる。

そうなったら大変だぞ。

月番の北町奉行所の面目は丸潰れとなり、下手をすりゃ、お奉行の首が吹っ飛ぶ」

「狐崎さま、脅かしっこはなしですよ」

三角が、ぶるると首を横に振り、苦笑した。

「何か魂胆《こんたん》があるんでしょう？」

「……あるが、お奉行は気に入るまい」

「さあどうでしょう。お奉行は新参ながら見かけに寄らず骨がありますぞ」

「そうか、それならやってみるか」

「で、何をやるんです？」

「なあに、てえしたことじゃねえ。嗅ぎつけられる前に、彫常ら五人の島抜けを、瓦版屋に教えてやるのよ」

「げっ！」

「何もそんなに驚くことはなかろう。どうせ隠しおおせぬことだ。

それならいっそのこと、五人が復讐の鬼となって八丈島から戻ってきたと、瓦版屋に鉦《かね》や太鼓で喧伝《けんでん》させて、身に覚えのある者たちに用心させれば、こっちの手間が省ける。その分、彫常の探索に集中できるってもんじゃねえか」

「ですが、そのために大勢が腹を切ることになったら、今度こそ目障りな八丁堀の狐は、北町奉行所から叩き出されますよ」

「そこでだ……」

十蔵がぞくっとするような妖しい笑みを浮かべる。

「そうならないために、狸は奉行の小田切土佐守直年を化《ば》かし、狐は老中首座の松平伊豆守信明を化かす」

「そりゃ大事《おおごと》だ。で、どう化かすんです？」

三角も目を妖しく光らせる。こういうことが大好きな老練な隠密廻り同心だった。

「彫常らの島破りは、人智の及ばぬ天災のようなもの、としてしまうんだ。不可抗力の天災なら、罰せられる者は出ねえ」

「そんなに上手《うま》く化かせますか？」

「ああ、化かせる。なぜなら……」

十蔵の双眸の狐火が揺らぐ。

「お奉行も、ご老中も、そんなふうに化かされたがっている」

三角は一瞬眩しそうに十蔵を見て、

「敵《かな》いませんね」

と、呟いた。

ごおーん！

浅草寺の暮れ六つ（午後六時）の鐘が鳴った。

「四つ目屋忠兵衛は遅いですな」

お吉のことだ。

十蔵と三角は、薬研堀の四つ目屋から来るお吉らとここで落ち合い、揃って墨田堤の夜桜見物に行くことになっていた。

「おっ！　やっとお出ましだ」

三角が浅草側を見て素っ頓狂な声をあげる。

「が、こいつは拙《まず》い！」

十蔵も目を瞠《みは》って、お吉とお袖が着ている、夜目にも鮮やかな黄八丈の小袖を見た。

花見支度の蓙蓙《ござ》、酒、料理の入った重箱《じゆうばこ》を持って従う、伊佐治、猪吉、鹿蔵、蝶次が、困ったような顔で俯《うつむ》いている。

「またお吉の天邪鬼《あまのじやく》がはじまったようだ」

十蔵が苦笑する。

「あの形《なり》を見たら、雷門の勘市が飛んできますよ」

「来たら追っ払うまでだ」

腹を括《くく》った。

近ごろの大川橋界隈では、新之介を殺した玉菊が黄八丈を着ていたことから、十手持ちの雷門の勘市とその手下が、まるで八つ当たりをするかのように、黄八丈を着た女を見ると、有無を言わせず番屋にしょっ引いていた。

「大体が、黄八丈を着ている女を見たら片っ端から番屋に引っ張るってのが、べらぼうなんだ。お吉でなくたって、逆らってみたくなるだろうよ」

「それは、仰るとおりですが、雷門の勘市だけでなく、狐の旦那の天敵、川獺《かわうそ》の狩場惣一郎も出張《でば》ってますよ」

「ふん、どうせ息子を殺された札差のご機嫌取りだろう。玉菊も道楽息子の新之介ではなく、親の山崎屋藤介《とうすけ》をやってくれたら、世のため人のためになったのにな……。ふふふ、もっとも、彫常の狙う相手が、雷門の勘市、与力の狩場惣一郎、札差の山崎屋藤介らしいから、楽しみは後でってことか」

「しっ！　声が大きいですよ」

三角が慌てて周りを見廻す。

「これが狩場さまの耳に入ったら、狐の旦那はおろか、あっしまで奉行所を追われてしまいます」

「なぜだい？」

十蔵の目が光る。

「狩場惣一郎は誰が見ても腐っている。追われるとすれば、あっちの方じゃねえのかい？」

「ところが現実は、狩場さまが何をしようが、吟味方筆頭与力の座は揺るぎもしません。

一方、狐崎さまは、どんなに手柄を立てようが、出仕無用《しゅっしむよう》の飼い殺しのままです。

お二人の奉行所内での力の差は歴然でございましょう」

「ふふふ、それがどうした。

町奉行所は、町人の命と財産を守るためにある。間違っても与力、同心の余禄《よろく》稼ぎのためにあるんじゃねえ。

それさえ忘れなきゃ、どこにいようが、何をやらされようが、怖いものはねえはずだ。

おれは、川獺《かわうそ》なんかにゃ、遠慮をしねえぜ」

「まったく、狐の旦那とお吉はどっちもどっちで、言ってることは真っ直ぐでも、臍《へそ》の曲がった似た者同士……」

三角がお手上げといった様子で嘆いた。

「好んで騒ぎを起こしてくれるはいいが、その巻き添えを喰らう傍《はた》の者は、毎度、生きた心地がしませんよ」

「あらっ、狸の旦那、聞こえたわよ！」

お吉が寄ってきて、華やいだ声をあげた。

「おほほほ、わっちのことなら、心配はいらないわ。

わっちゃ、黄八丈を着たからって、大川に飛び込むような莫迦《ばか》な真似はしない。

だってこの黄八丈の小袖は、わっちとお袖ちゃんが夜桜見物に着るようにと、狐の旦那が拵《こしら》えてくださったのよ。

わっちゃ、それが嬉しくて堪らない。この黄八丈は、わっちの宝さ。だから……」

と、言葉を切ったお吉が、決然とした表情になった。

「今宵の夜桜見物には、たとえ公方《くぼう》さまが禁じても黄八丈を着ると決めていたんだ。それが迷惑なら、わっちから離れていればいい。わっちはすこしも気にしないよ」

「ひゃひゃひゃ……、とんだ惚気《のろけ》だ」

三角が奇妙な声で笑った。

「そうと聞いちゃ、やめろとは言えません。わしの完敗だ。もう何も申しません。黙ってお二人のお供をさせて頂きます」

伊佐治たち手下が、顔を見合わせ、くすっと笑った。

四

十蔵と三角が手ぶらで先に立ち、お吉、お袖を中に挟み、荷物を持った伊佐治、猪吉、鹿蔵、蝶次が後に続いて、大川を渡った。

お吉は、内心では危険を予期しているようで、足《あし》手纏《でまとい》になりそうな下男の徳蔵と女中のお茂は、連れて来ていなかった。

ぞろぞろと、同じ方向に、夜桜見物の大勢の人が行
江戸の人間は、と十蔵は歩きながら思う。

武士も町人も、身分や貧富に関係なく、花見が好きだ。

ことに桜は人気があって、猫も杓子《しゃくし》も桜の木の下で浮かれる。

〈どうしてかな〉

桜には人の心を華やかに惑わす、魔力があるようだ。

水戸家下屋敷、三囲《みめぐり》神社、牛ノ御前《ごぜん》（後の牛嶋神社）、桜餅の長命寺《ちょうみょうじ》を過ぎ、
満開の桜並木に雪洞《ぼんぼり》が灯った墨田堤に着くと、夜桜見物の人で祭りのように賑わっていた。

そんな中を十蔵たちの一行が通ると、女たちが桜をそっちのけにして、黄八丈を着たお吉とお袖に好奇と羨望《せんぼう》の目を向ける。

女たちはせっかく花見のために拵えた黄八丈の着物を、雷門の勘市の八つ当たりを受けたくなくて、着たくても着られずにいたのだった。

「おほほほ、いまが旬《しゅん》の黄八丈を着ているのは……」

お吉がお袖を振り向いて、得意そうに言う。

「あっちたちだけのようね」

優越感を感じるらしく、お袖が小鼻を膨らませて応える。

「あたし、みんなに見られてあがってしまったみたい。ふわふわと雲を踏んで歩いている気分です」

「うふふふ、あっちも……」

お吉が悪戯《いたずら》っぽく笑う。

「今宵のあっちたち二人の人気は、満開の桜にも負けちゃいないわ。ああ、勇気を出して着てきてよかった」

それを聞いた十蔵、三角、伊佐治が顔を見合わせて苦笑する。後で降りかかってくる祟《たた》りを払うのは男たちの役目だった。

「そら、さっそくおいでなすった」

伊佐治が身構える。後方から五、六人の雷門の勘市の手下が、腕捲《うでまく》りをして駆けてくるのが見えた。

「あの様子じゃ、問答無用でしょっ引くつもりですぜ」

「そのようだな。よし、おれが追っ払おう」

十蔵が、お吉の背を押す。

「みんなと先に行って、船で待っていてくれ」

「船って？」

「こんなこともあろうかと、三河吉田のお殿さまを夜桜見物に招待しておいた。この先にある橋場《はしば》の渡しの東岸に、お殿さまの家紋入りの屋根船が着いているはずだ」

そう言っている間にも荒々しい足音が近づいてくる。

「さ、みんな、早く行け！」

十蔵が急《せ》かす。三角、猪吉、鹿蔵、蝶次が、お吉とお袖を囲んで駆け出す。切られの伊佐治は残った。

「狐の旦那、あっしにも、すこし分けてください」

「そうか……」

十蔵が笑う。

「朝稽古の成果を試してみたいか。それじゃ、この白狐《びゃっこ》の面を被《かぶ》れ。いいか、おれたちゃ、三囲神社の狐だ。愚か者を懲らしめ、そして逃げる。投げるのはいいが、怪我をさせるなよ」

「へい、わかってやす」

伊佐治は答え、十蔵を真似て白狐の面をつけると、手拭で頬被りをした。

そこへ、雷門の勘市の子分がやって来た。五人いた。

いずれも獰猛《どうもう》な顔で荒い息を吐き、大声で周りに怒声を浴びせる。

「やい、やい、やい！　黄八丈を着た二人の阿魔《あま》はどこだ？　隠すと為《ため》にならねえぞ！」

誰かがお吉たちが去った方向を指差す。

「あっちか！」

勘市の子分が頷き合う。

「行くぞ！」

走りだそうとしたその行く手を、十蔵と伊佐治が遮《さえぎ》った。

「何だあ、ふん、酔っぱらいか。邪魔だ、どけ！」

狐の面をちらりと見て、二人を邪険に突き飛ばそうとする。

「どかぬ！」

十蔵が厳《おごそ》かな声で一喝《いっかつ》した。

「われらは三囲稲荷の狐なり！　御神域での落花狼藉《らっかろうぜき》は許さぬ！　とっとと去《い》ねい！」

「な、何だあ！　安酒くらいやがって……」

子分たちが激昂した。

「構わねえ、やっちまえ！」

五人は、十蔵と伊佐治を非力《ひりき》な優男《やさおとこ》と小男と見てか、無造作に掴みかかった。

だが、ふっと目の前から消えたかと思うと、十蔵と伊佐治の体が懐に飛び込んでいた。

「わあーっ！」

伊佐治に投げられた一人が悲鳴をあげる。

「ひゃーっ！」

十蔵の竜巻落としが炸裂した。

首の骨を折らぬように手加減している。

瞬《まばた》きする間に、二人ずつ投げ飛ばし、五人目の始末は伊佐治に譲ってやる。

「ぎゃあーっ！」

伊佐治の背負い投げが決まった。顔が地面を擦って、団子鼻を削られた子分の絶叫が、満開の桜を散らした。

「見事！」

十蔵が、おどけて手を打つ。

「足りなかったら、ほら、あんなにいるぞ」

十蔵が指差す先に、陣笠《じんがさ》、火事羽織《かじばおり》、野袴《のばかま》といった、与力の出役《しゅつやく》姿の狩場惣一郎が、三十人の捕り方を従えて駆けてくるのが見えた。

「ずらかりやしょう」

伊佐治が軽く息を弾ませて言う。

「もうみんな船に着いてますぜ」

十蔵は頷くと、驚いた顔で目を瞠《みは》っている人たちに向かい、

「こーん！」

と一声鳴いてみせ、ぴょんぴょんと跳ぶような走りでその場を離れた。

「き、狐だ！」

「三囲稲荷のお狐さまだ！」

そんな声が後方から聞こえた。

二人は白狐の面をとって、桜吹雪の中を走った。

「あははは、とんだ狐の悪戯《いたずら》だ。楽しいや」

十蔵が笑った。

「へへへへ、久しぶりに暴れて、すっきりしやした」

伊佐治が応えた。

屋根船に着き、お忍び姿の殿さまに迎えられる。

船は岸を離れ、殿さまに船室の隅に引っ張られた。

「十蔵、何があった？」

知恵伊豆の末裔《まつえい》で、老中首座の松平伊豆守信明が、おろおろと心配顔だ。

「お吉が船に逃げ込んできたぞ」

お吉は殿さまの隠し子で、お手をつけた女中が、暇をとって屋敷を出てから生まれた子だ。そのことをお吉は知らない。殿さまはそれが不憫《ふびん》でならないのだ。

「お吉の着物をご覧になりましたか？」

「おお、見たぞ！　鮮やかな黄八丈を着ておった。それがお吉によく似合い、まるで十六、七の娘のように美しかったぞ」

「ご存じでしょうが、八丈島から島抜けして、山崎屋の新之介を殺した玉菊の着衣が、鮮やかな黄八丈でした」

「それがどうした？」

「黄八丈を着ているというだけで、玉菊と同類と見なされて、番屋にしょっ引かれます」

「愚かな」

「その愚かなことが、堂々と罷《まか》り通っております。あれをご覧ください」

十蔵は、墨田堤の満開の桜の下に見える、出役《しゅつやく》姿の奉行所与力と三十人の捕り方の姿を指差す。

三河の殿さまは、それを眺めて眉を顰《ひそ》めた。

「まさか」

「そのまさかです。黄八丈を着ていたお吉とお袖を召し捕るために、物々しく出動した奉行所の役人です」

「うーむ、これほどとは……」

殿さまが唸った。

「十蔵、どうしたらいい。知恵を貸せ」

「隠蔽《いんぺい》するから、形が歪みます。

玉菊はじめ、彫常、覚禅、米吉、喜八ら、八丈島から島抜けした五人の手配書を、江戸じゅうに配るのです。そうすれば、玉菊の黄八丈など吹っ飛んでしまいます」

「わかっておろう」

殿さまの歯切れが悪い。

「それができぬから、わしらは苦慮しておる」

事が公《おおやけ》になれば、腹を切る者が数多く出るということだろう。

十蔵は乱暴な意見を述べた。

「この五人の八丈島からの島抜けは、天災のようなものです。天災を罰する法はございますまい」

「ふむ、天災か……」

知恵伊豆の末裔の殿さまが、何か妙計《かんけい》が閃いたのか、愁眉《しゅうび》を開いた顔になる。

「詭弁《きべん》だが、おもしろい。評定《ひょうじょう》にかけてみよう」

十蔵は、さり気なく急《せ》かせる。

「手配書が瓦版屋より遅れたら、様《さま》になりません」

「さては十蔵、瓦版屋を使うつもりか」

十蔵の魂胆を見抜いて、殿さまが怖い顔になる。

「ならぬぞ。手配書が出るまで、瓦版屋は抑《おさ》えておけ。これは老中首座としての頼みじゃ。聞いてくれるな」

「御意《ぎょい》！」

十蔵は、凛《りん》とした声で短く答えた。

第四章　賞金首

一

日ならずして、八丈島を島抜けした、彫常こと駒形の常治郎（五十）、女犯坊主の覚禅（三十）、新吉原の遊女玉菊ことお玉（二十二）、大工の米吉（二十五）、木更津の漁師の喜八（二十七）の手配書が江戸の町に配られた。

そして瓦版には、煽情的《せんじょうてき》な見出《みだ》しの文字が躍った。

『八丈島から五人の生き霊！』

島抜けした五人の名前と犯した罪を載せ、ことに若い女の玉菊を大きく扱った。

『悲運な遊女の復讐の刃《やいば》が閃《ひらめ》く！』

瓦版の記事は判官贔屓《ほうがんびいき》で玉菊に同情的だった。

玉菊は京町《きょうまち》一丁目山田屋の売れっ子遊女だった十六歳のとき、気が染まなくて袖にした山崎屋の放蕩《ほうとう》息子の新之介に、瘡毒《そうどく》持ちの遊女だとありもしない嘘を言い触らされた。

それが原因で最下級の女郎が集《つど》う羅生門河岸に転落した玉菊は、面白半分に冷やかしに来た新之介の姿を見て逆上し、簪で刺してしまったこと。

新之介の傷は浅く、本来なら遠島になるほどの罪ではなかったが、親の山崎屋藤介が金の力で役人に圧力をかけ、八丈島送りにされたこと。

玉菊は島での五年間、ひたすら新之介への復讐を誓い、決死の島抜けを成功させると、島での一念を忘れぬために黄八丈を身に纏い、見事に本懐を遂げたこと。

新之介の胸に突き立てた鎧通は、玉菊の亡き親の形見の品であり、玉菊は没落した由緒ある武家の血を引くお姫さまであると推測されるなどと、眉唾《まゆつば》の記事までも、まことしやかに書かれてあった。

蔵前の札差、山崎屋藤介は、手代の由蔵《よしぞう》が持ってきた瓦版を一読するや、激怒した。

「この役立たず！　こんなものをわしに見せる前に、なぜその場で瓦版を全部買い占めてしまわなかった。

それくらいの才覚がなくて、山崎屋の手代と言えるか！

お前がそんな間抜けだから、新之介の供をしていながら、みすみす見殺しにしてしもうたのだ」

山崎屋藤介は鶴のように痩せた長身を怒りに震わせ、手にした瓦版をくしゃっと乱暴に丸めると、由蔵の顔に投げつけた。

「こ、こんな遊女に、わ、わしのたった一人の倅《せがれ》が……！」

山崎屋は甲高い声をあげて唇を戦慄《わなな》かせる。

「ぼやぼやしてないで、早く雷門の親分を呼んできなさい！」

「は、はい、旦那さま……、すぐ、呼んで参ります」

由蔵が慌てて雷門の勘市を呼びに走った。

「まったく、どいつもこいつも……」

役立たず揃いだという言葉を呑み込むと、山崎屋は瓦版を拾って、皺《しわ》を伸ばした。

今度は倅の新之介が殺された記事には見向きもせず、別の記事を食い入るような目で読んだ。

「まさか、彫常が……」

不安そうに呟き、山崎屋はぶるると身震いする。

二十余年前、山崎屋藤介は、貧乏人の味方をしてあれやこれやと苦情を持ってくる駒形の常治郎が邪魔になった。

そこで一計を案じ、三下だった雷門の勘市を買収して、彫常の悪事の数々を北町奉行所に訴えさせ、かねてより抱き込んでおいた与力の狩場惣一郎に吟味させて、八丈島送りにしたのだった。

むろん、御赦免もないように手を回し、もう二度と彫常が江戸の土を踏むことはあるまいと信じていた。

それどころか、噂に聞く八丈島の過酷な流人生活に耐えられず、もうとっくの昔に死んでしまったものと思い込み、十年ほど前からは、彫常の名が頭を過《よぎ》ることもなかった。

「生きていて、島抜けをしたとは……」

油断だったと、山崎屋は後悔した。

やはり、刺客《しかく》を八丈島に送るべきだったのか。

かつて一度、そんな話を持ち込まれたことがあったが、五百両という足元を見られた法外な料金と、後々の強請《ゆすり》の材料にされそうな気がして、断ってしまった。

山崎屋藤介は、煙管《きせる》を咥《くわ》え、天井に向けて紫煙を吐き出す。

〈さて、どうしたものか……〉

もう一度瓦版を見て胸中で呟く。

そして、はたと妙案を思いついて太太しい顔になった。

〈わしの武器は金しかない。が、この世のことで金の力で叶わぬものはない。この五人の首に賞金を懸けてやろう〉

山崎屋は、勢いよく煙草盆を引き寄せると、雁首《がんくび》をぽんと叩いて灰を落とした。

〈しかもわしには立派な口実がある。島抜けの五人に倅を殺された親が、倅の無念を晴らすために懸賞金を出す。これを止めることは誰にもできないはずだ。

そしてやるからには、派手にやらなければ効果がない。

彫常と玉菊の首に三百両ずつで六百両。

あとの三人の首に百両ずつで三百両。

有力な情報提供者に十両ずつで百両前後。

合わせて千両の懸賞金を出すと、瓦版屋を使って喧伝《けんでん》させよう。ふふふ、できたな……〉

懸賞金の支払いは五人の生死は不問とし、五人の居場所などの有力な情報提供者は、その数が何人になろうと十両の礼金を出すと謳《うた》えば、たちまち江戸じゅうの人間が、血眼《ちまなこ》になって彫常ら五人を探し、行方を追いかけることになる。

むろん、遊び人などの不良町人、破落戸《ごろつき》浪人、人殺しを生業《なりわい》としているような連中も、高額の懸賞金を見逃すはずがなかった。

「ふふふ……、これで彫常は進退谷《しんたいきわ》まったろう」

山崎屋はほくそ笑み、旨そうに一服つけて、煙を吐く。そこへ手代の由蔵が、雷門の勘市を連れて来た。

「これは親分さん……、お忙しいところ、お呼び立てして申し訳ございません」

腹に一物《いちもつ》ある山崎屋は、如才なく頭をさげる。

そして瓦版を勘市の鼻先に広げて見せ、粘っこい口調になった。

「こんなものが出回ったのでは、蔵前の札差山崎屋藤介の看板に傷がつくばかりでなく、殺された倅の新之介も浮かばれません。世間さまはどう見ているか知りませんが、わたしは五十半ばのこの歳になるまで商売一筋に生きてきて、人の道に背《そむ》くようなことは何一つやってこなかったつもりです。

倅の新之介にしても、ときには派手な遊びもしましたが、山崎屋二代目としての修業もそれなりにやっており、ここに書かれてあるような遊んでばかりの放蕩息子ではありません。

それを何ですか、この瓦版に書いてある、札差に対する偏見と悪意に満ちた記事は。……島抜けした五人の悪党よりも、わたしら親子の方が悪く書かれていて、倅を失った親の悲しい気持ちなど、すこしもわかっていない。そうは思いませんか、親分さん？」

「そ、そのとおりで……、こんなでたらめ、これから行って……」

問われた雷門の勘市は、しどろもどろになる。

「まだ残っている瓦版があったら没収し、瓦版屋は番屋にしょっ引いて、とっちめてやります」

「親分さん……」

山崎屋が首を横に振り、強い声で言った。

「その瓦版屋を、ここへ連れて来てください」

「そ、それは……」

勘市が怯えた表情になる。

「あっしが必ず、旦那のお気の済むようにいたしやすから、瓦版屋を痛めつけるのは、この雷門の勘市にお任せください」

「ふふふ……、親分さん、わたしがいつ、瓦版屋を痛めつけてくれと言いました？」

「それではなぜあっしをここへ……？」

「わたしは新之介を殺した島抜けの五人の首に、千両の懸賞金を出すことにしました。そのことを瓦版屋を使って江戸じゅうに広めてもらうのです」

「げえっ！」

雷門の勘市が、押し潰された蛙《かえる》のような声を出した。

「せ、千両もの懸賞金を出すんですか！」

「そんなに驚くことはないでしょう。新之介の無念を晴らせると思えば、千両など安いものです。それにこうすれば彫常も困るんじゃないでしょうか」

「さ、さすが、山崎屋の旦那だ……！　彫常は困るどころではなく、周りの人間がみんな賞金稼ぎに思えてきて、生きた心地がしなくなるんじゃねえですか」

雷門の勘市が手を打って喜び、

「それじゃ、あっしは瓦版屋を引っ張ってめえりやしょう」

と、駆け出しかけ、小狡《こずる》い顔で山崎屋を振り向く。

「ところで旦那、その懸賞金はあっしらが捕えてもいただけるんで？」

「勿論《もちろん》ですとも……」

山崎屋は鷹揚《おうよう》に答えた。

「島抜けの五人を誰が生きて捕えようと、殺そうと、懸賞金はきちんとお払いしますよ」

二

「ほう、千両の懸賞金か……、札差の山崎屋藤介は、余程、彫常が怖いとみえる。が、こんなもので島抜けの五人を捕えられりゃ、あははは、おれたち奉行所の与力、同心、それに岡っ引き、下っ引きが、用なしってことになっちまうぜ」

屈託《くったく》なく笑う十蔵の手には、伊佐治が持ってきた瓦版が握られていた。

「で、どうなんでえ、こいつの反響は？」

「へい、そりゃあもう大変な騒ぎで、われ先にと瓦版を買って、懸賞金の額の高さに目の色を変えておりやす。

特にこの有力な情報提供者に十両の賞金を出すというのが人気を呼んで、彫常、玉菊の三百両や、喜八、覚禅、米吉の百両は無理でも、情報くらいなら摑めるかもしれないと、誰もが岡っ引き眼《まなこ》になって、五人の潜んでいそうな場所を探していやす。

この懸賞金てやつは、案外、島抜けの五人にとっちゃ、厄介なものになるんじゃねえでしょうか。もっとも彫常親分のことだ。この程度のことは、覚悟していたでしょうが……」

「あははは、彫常贔屓《びいき》の伊佐治には、心配だってことか。で、彫常はどう出ると思う」

「彫常親分は売られた喧嘩は買うでしょう」

「そうか、山崎屋の懸賞金は、彫常への喧嘩状ってことになるのか。

ふふふ、面白くなりそうだ。が、まさか五人が山崎屋に殴り込むってことはなかろう」

「どういうことで？」

伊佐治が挑むような顔になった。

「赤穂浪士も吉良邸に討ち入って本懐《ほんかい》を遂げておりやす。彫常親分の恨む相手が山崎屋藤介なら、屋敷に殴り込むのが一番じゃねえでしょうか」

「そんなことをしてみろ。雷門の勘市と狩場惣一郎の手の者が、手ぐすねひいて待ち構えているだろうよ」

「それじゃ、五人は……」

伊佐治が悔しそうに唇を噛んだ。

「どのみち島抜けなどという大それた真似をした彫常ら五人は、捕まって極刑に処せられる」

十蔵がそれまでの軽さとは一転して真摯な声になる。

「ならば狩場のような腐れ与力の手に落ちたり、賞金稼ぎの餌食になる前に、おれたちの手で引導《いんどう》を渡してやろうじゃねえか。それが慈悲ってもんだ。わかるな、伊佐治？」

「へ、へい！」

「で、どうやる」

「へい、あっしはもう一度、駒形の彫政に喰らいついてみます。とことん喰らいついてりゃ、きっと尻尾を出すはずです」

「やはりそれが一番のようだな。それで猪吉たちはどうする。手伝わせるのか？」

「それなんですが、覚禅、喜八、玉菊の恨みを晴らすために三本の鎧通を遣《つか》った一味は、四本目の鎧通は大工の米吉のために遣うんじゃねえでしょうか。猪吉、鹿蔵、蝶次には、米吉が恨みを晴らしに現れそうな場所を探索させようと思っておりやす」

「できるかな、三人に？」

「三人とも元は浅草奥山で鳴らした掏摸ですぜ。なまなかな下っ引き連中より目《め》端《はし》が利きやす。

　三人には四つ目屋の媚薬、秘具の『長命丸』『女悦丸』『りんの玉』『張形』を入れた行李《こうり》を担がせて、米吉が遠島になる前に住んでいた、待乳山《まっちやま》聖天《しょうでん》下《した》の裏長屋を探らせたらどうでしょう」

その行李のことを「魂胆遺曲道具《こんたんやりくりどうぐ》」といって、商う品物が特殊なだけに、お客と親しくなることができ、聞き込みに役立った。

「ふふふ、『魂胆遺曲道具』か。ひとつおれも担《かつ》いでみようかな。門前の小僧、習わぬ経を読むで、『長命丸』の能書《のうがき》を並べることなど、いまじゃ、ぺらぺらぺらよ」

十蔵がおどけた顔になって、実際に口上を語りはじめる。

「この閨《ねや》の媚薬の長命丸は、行為の一刻（二時間）ほど前に、唾にて溶《と》いて、魔《ま》羅《ら》に丹念に塗ってくだされ。

そして、いざ鎌倉という、行為の寸前に、きれいに洗い落とすのです。

さあて、お立ち会い。これにて一戦に及べば、女が幾度喜悦して気を遣っても、男は精を漏らすことなく持続でき、堪能したら、湯、水、唾のいずれかを、ごくりと呑むと、直ちに吐精いたします、ってね」

「へへへ、狐の旦那にゃ、四つ目屋の行商は無理ですぜ」

「そうかな？」

「恰好や口上は真似できても、言葉遣いの端々に、幕臣二百石の町奉行所与力という、歴《れっき》としたお武家さまが顔を覗かせやす。

それに旦那さまが許しませんよ。

なにしろ四つ目屋の主力商品である、水牛の角や鼈甲《べっこう》で作った高価な張形を買ってくれるのは、色惚《いろぼ》けの後家さんが多いです。そんなとこへ、狐の旦那をやったりしませんよ」

「そうか、お吉が許さぬか……」

四つ目屋では、忠兵衛を継いだお吉のことを旦那さま、と呼び、十蔵は狐の旦那か、単に旦那と呼ばれた。

そして十蔵にぞっこんのお吉が、大変な焼き餅焼きであることは、本人は必死に隠しているつもりのようだが、十蔵はじめ、手下の誰もが知っていた。

その夜、十蔵は瓦版を見せて、みんなに言った。

「おれはこういうのは大嫌《でえきれ》えだ」

びりっと瓦版を破り捨て、千両の懸賞金に、浮ついた気分になっている手下の気分を引き締める。

「彫常ら島抜けの五人が、浅ましい賞金稼ぎの餌食になる前に、おれたちの手で召し捕ってやろうぜ。むろん、賞金は叩き返す」

十蔵と伊佐治は彫常を追い、猪吉、鹿蔵、蝶次は米吉を追うことを決めた。

翌日、伊佐治は駒形にある彫政の家を訪れた。彫政の様子を探るつもりだったが、

「女の生首」を彫る決心をしたとの口実で、彫政の様子を探るつもりだったが、思わぬ先客があった。

「やい、彫政！　この雷門の勘市に向かって、舐《な》めた口を利きゃあがると、後悔することになるぜ」

大声で恫喝《どうかつ》する声が、表まで聞こえていた。

「おめえが毎年、八丈島の彫常に見届物《みとどけもの》（流人に届けられる生活物資、主に食料）を送っていたことは、調べがついているんだ。そのおめえが、彫常の居場所を知らねえはずはなかろう。

大人しく訊いているうちに正直に話さねえと、大番屋に引っ張って行って、体に訊くことになる」

雷門の勘市の口調が、粘っこくなった。

「大番屋の拷問は、そりゃ痛《いて》えぜ。死んだ方がましだと思うほど苦しいぜ。刺青なんかの痛さ、苦しさとは、段違いなんだぜ。笞打拷問《むちうちごうもん》！

石抱《いしだき》拷問！

海老責《えびぜめ》拷問！

釣責《つるしぜめ》拷問！

こいつを食らって、音《ね》をあげねえ者はいねえ。一人残らず白状する。

いや、拷問は白状するか、死ぬまで続けられるってことよ。

彫政、まさか、おめえ、そんな目に遭いてえ、ってんじゃねえだろうな？」

「何と言われようが……」

彫政がきっぱりとした口調で答える。

「知らねえものは、白状のしようがありません」

「ほざけ！」

雷門の勘市が怒鳴った。

ばしっ！

彫政を殴ったようだ。

「引っ立てろ！」

手下に命じる声が聞こえた。

「おっと、待った！」

伊佐治は声をかけ、飛び込んでいく。手下を蹴飛ばし、彫政を背に庇った。

「おれの方が先口だ！」

「な、何だ、てめえ？　何しに来やがった」

雷門の勘市の手下は三人いた。目を剝き、突棒を振りあげた。

「言ったろう。予約の客だ！」

伊佐治が挑むように答えた。

「彫政に『女の生首』を彫ってもらう！」

「女の生首だと！」

三人が口々に叫ぶ。

「ちびが、ふざけやがって！」

伊佐治に向かって、ちびは禁句だった。伊佐治の目つきが変わる。

「構わねえ、邪魔する奴は、ぶちのめせ！」

三人は小柄な伊佐治を見くびっていた。三人で掛かれば、簡単に勝てると思ったようだ。

「ちびで悪かったな」

伊佐治が目を据え、身構える。

「てめえら、勘弁ならねえ！」

「うるせえ！　勘弁ならねえのは、こっちの台詞……」

三人の手下が、ぶんと音を立てて突棒を振りまわし、叫んだ。

「ちび、覚悟しやあがれ！」

伊佐治は、飛び退き、突棒をかわすと、すかさず反転して、正面の手下の懐に飛び込む。

ごつん！

顔面に強烈な頭突きを食らわした。

手下は吹っ飛び、鼻血を噴《ふ》いた。

「ふぎゃーっ！」

二人目は股間を膝で蹴った。

ぐしゃ！

玉の潰れる音がして、二人目の手下は声もなく悶絶した。

三人目は、棍棒を奪って、叩きのめす。

「ちびと、もう一度言ってみろ！」

刀疵の顔を真っ赤にして、怒鳴った。

「頭、叩き割るぞ！」

「ひ、ひーい！　お、親分！」

手下は這って逃げ、雷門の勘市に救いを求めた。

「ちっ！　三人もいて、何てざまだ」

勘市が舌打ちし、十手を取り出した。

「兄さん、強いな。どこの若い衆だい？　わしはこのあたりを縄張りにする雷門の勘市だ。名前ぐらい聞いているだろう」

「へい、二股膏薬の勘市親分、でござんすね」

「な、何だ、その言種《いいぐさ》は！　さては、てめえ、島抜けをした彫常の一味だな！ご、御用だ！　神妙にしやあがれ！」

「へっ、お門違《かどちが》えだぜ」

伊佐治も十手を取り出して見せる。

「あっしはご同業の者《もん》ですぜ」

敢えて名乗らなかった。が、雷門の勘市は、はっとした顔付きになる。

「て、てめえ、八丁堀の狐の手下になったという、般若の五郎蔵一家の代貸だった伊佐治だな！　わ、わしの縄張りに、何しに来やがった？」

「さっきも言ったとおり、彫政に『女の生首』彫ってもらいに来たんで。そうですよね。親方？」

「こきゃあがれ！」

彫政が答えるより先に、雷門の勘市が怒鳴る。

「伊佐治、てめえが何を考えているかぐらい、こっちはお見通しよ。どうせ、彫常の賞金首を狙って彫政に接近したんだろうが、ここが縄張りの雷門の勘市一家の面子《めんつ》にかけても、余所者《よそもの》に勝手な真似はさせねえ。そのこと、よく覚えておけ！」

そう言い捨てると、倒れている三人の手下を見向きもせずに、雷門の勘市は部屋を出ていった。

「おらっ！」

伊佐治が三人の手下の尻を蹴る。

「てめえらの親分は帰《けえ》ったぜ！」

三人を家の外に蹴り出した。

「申し訳ありませんが……」

無言でそれを見ていた彫政が、固い表情で言った。

「伊佐治親分も、お帰《けえ》り願えませんか」

「彫政、おれは見てのとおりのちびだ。そのためにどんなに悔しい思いをしたかしれねえ。からかわれるたびに喧嘩をして、気がついたら博奕打ちになっていた。

そんなおれの憧れが、おれと同じようなちびでも、弱い者や困っている人の味方をしたという、任侠道の鑑《かがみ》のような彫常親分だった。

これだけは約束するぜ。

おれたち八丁堀の狐とその手下は、たとえ彫常たちを捕えても、金輪際《こんりんざい》、山崎屋の懸賞金は受け取らない」

彫政は目を瞠《みは》り、無言で深く頭をさげると、伊佐治が外に出るのを待って、戸を閉めた。

三

彫常たち五人は、大島稲荷神社近くの隠れ家で、湯船屋の源次が持って来た瓦版を読んでいた。

「ふふふ、山崎屋藤介め、総額千両の懸賞金とは、えらく奮発したじゃねえか。これこそ、わしらの思う壺だぜ」

彫常が会心の笑みを浮かべた。

「わしらは恨みを晴らすだけでなく、そのことを世間様に知ってもらいたくて、派手に振舞っているんだからな」

「嬉しいねえ！」

玉菊がはしゃいだ声をあげる。

「あたいら千両首よ！」

「五人合わせてな……」

覚禅が水を差す。

「それも一人二百両ずつじゃなく、彫常親分と玉菊の首が三百両ずつで、残る三人は百両ずつだ。

わしは山崎屋藤介に安く見られたようで、面白くねえ」

「ははは、おれたちはおまけでしょう」

喜八が笑った。

「玉菊は倅の新之介を殺したし、彫常親分はこれから山崎屋藤介に復讐しようとしている。

山崎屋は身に覚えがあるから、鎧通で狙われていることがわかり、慌ててこんな真似をした。そうでしょう。彫常親分？」

「ま、そんなとこだろう」

「で、どうします。こうなったら先に山崎屋を殺《や》りますか？」

「いや、予定どおりだ。こういうことは、一度決めたことを変更すると、ろくなことがない」

彫常は、不安そうに瓦版を見ている米吉に念を押すように言った。

「次はおめえの番だ。わかっているな、米吉！」

「へ、へい、それで、いつやるんで？」

彫常が顔を曇らせ、小さく首を横に振った。

「おい、しっかりしろよ」

喜八が彫常に代わって叱った。

「いつやるかは、復讐をするおめえが決めるんだよ。これまで三度も見てきて、覚えてないのか」

「そ、そうだった……、おれは莫迦《ばか》だから、みんなの足を引っ張ってばかりだ」

「まったく、焦《じ》れってえ野郎だぜ……。おめえ、身に覚えのない失火の罪を着せられて、八丈島に流された恨みを忘れちまったのか」

覚禅が嘲《あざけ》るような声で言った。

「いいか、米吉、よく聞けよ。

あの正吉という大工、気の弱そうな善人面をしているが、なかなかどうして、ありゃ、相当な悪党だぜ。

わしにゃ、わかる。

おめえは、たまたま普請の現場が火事になり、正吉の証言で失火の罪を被せられたと思っているようだが、そいつはとんでもねえ間違《まちげ》えだぜ。

その火事は、十中八九、正吉の付け火だ。

違うと思うんなら、鎧通を野郎の心の臓に突きつけて訊いてみるんだな。

正吉はそうやっておめえを八丈島に送り、おめえと恋仲だったお光《みつ》と祝言《しゅうげん》をあげ、今じゃ小頭《こがしら》になっている。

虫も殺さぬ顔をした男が、横恋慕の果てに犯した悪事としちゃ、このうえない大成功だったが、思わぬ誤算もあった。

所帯を持って半年後に男児が生まれた。どう計算したっておめえの子だ。が、正吉は自分の子とした。太吉《たきち》と名づけ、可愛がっている。

そして正吉の大誤算はこれよ。おめえが復讐鬼となって戻ってきたことだ。もう助からないと、観念してんじゃねえのか。あとはおめえが鎧通を握ればいいだけの話なんだよ」

覚禅は瓦版を指差し、米吉の優柔不断《ゆうじゆうふだん》さを責めた。

すると米吉が青ざめた顔を引き攣《つ》らせ、堰《せき》を切ったような勢いで言い募った。

「お、おれにだって、正吉の野郎が付け火したことくらい、わかっているんだ。だから、迷わず野郎の心の臓に鎧通を突き立てるつもりだった。いまでも、その気持ちは変わっちゃいねえ。が、おれは見ちまったんだ……」

米吉が唇を強く噛み、血が滲む。涙声になった。

「太吉が、……おれの子が、正吉の野郎にしがみついて甘えているのを見ちまったんだ。何の疑いもなく、『ちゃん！』って大声で正吉を呼び、幸せそうに笑っているのを、お、おれは見ちまったんだ。

正吉の野郎も嬉しそうな顔をしやがって、太吉を抱きあげると、肩車なんかしやがった。

正吉の野郎の肩にまたがり、きゃっきゃっと笑って喜ぶ太吉の顔が、おれの餓鬼のころの顔にそっくりなのも、見ちまった。……おれが正吉を殺したら、幼い太吉の顔から、あの笑顔がなくなっちまうことに、気づいちまったんだよ。

おれは、どうすりゃ、いいんだ？

覚禅、教えてくれ！

あんたの言うとおり、おれは、正吉を殺さなきゃ駄目なのか？」

覚禅は答えず、そっぽを向いた。

「誰か、どうすりゃいいのか、教えてくれよ！」

米吉は縋《すが》るような目で、彫常、玉菊、喜八を見た。

「お、おりゃあ、親に早く死なれ、餓鬼のときゃ、虫けらみてえな暮らしで、みじめで辛い思いをした。おれが正吉を殺したら、太吉にも同じ思いをさせることになる。それが、おりゃあ……どうしたらいいか、わからねえんだよ」

誰も何も言わない。重苦しい空気が流れた。

やがて彫常が意を決したように静かな声で言った。

「米吉、わしらから抜けろ」

鎧通と小判を五枚取り出した。

「これはわしからの餞別《せんべつ》だ。どう使おうと、おめえの勝手だ。が、わしらは死んだ人間。それだけは忘れるな」

米吉は茫然として、焦点の合わぬ目で、鎧通と小判を見ている。

「わしは反対だ……」

覚禅が躊躇《ためら》いがちに口を開いた。

「ここで米吉を追い出したら、すぐに役人に捕まってしまう。わしらのことを喋り、わしらも捕まる」

「おれは喋らない！」

米吉が絶叫した。

「たとえ殺されても、仲間は売らない！」

「死んだ方がましと思うような拷問をされたら喋っちまう。人間なんて、てめえで考えているほど強くねえんだ。

最後には喋ってしまうものなんだ。そんなことは島送りになる前の取り調べで、経験していることじゃねえか」

「お、おれは、役人に捕まりそうになったら……」

米吉が悲痛な顔で鎧通に手を伸ばし、鞘《さや》を払って、鈍く光る切っ先を左胸の下に当てた。

「こうやって、心の臓を貫いてみせる！」

見ていた覚禅が黙った。

「喜八はどう思う？」

彫常が訊いた。

「どうするかは米吉が決めることだと思います。それで米吉が出ていったら、おれたちも他へ移ればいいでしょう」

するとと玉菊が苛立った声で言った。

「あたいは米吉さんに関係なく、早くどこかへ移った方がいいと思うわ。みんな、気がつかなかった？　湯船屋の源次さん、いつもと目の色が違っていたわ。

あれは迷いのある目よ。

そりゃ、千両が手に入る、千載一遇の機会よ。密告するかどうか、迷っているのよ。あたいなら、迷わず、千両を選ぶわ」

「さて、源次が、わしらを売るかな」

彫常が呟き、すぐに自分から答えを出す。

「残念だが、売るだろうな。それが普通だ。山崎屋藤介は、その人間の弱さを突いて、わしらをお縄にさせようとしている。

ここも安全な場所じゃなくなったってことよ。すぐに出よう」

「こ、ここを出てどこへ行くんだ？」

覚禅が狼狽《うろた》えた声で言った。

「江戸じゅうの人間が、わしらを探している。行くところなんか、あるもんか。どこへ隠れても、すぐに捕まって、わしらは獄門になるぜ」

「それがどうしたい！」

場違いな、朗《ほが》らかにさえ聞こえる声で彫常が言い放った。

「わしら、島を抜けるとき、黒瀬川で船が転覆して、海の藻屑《もくず》になっても本望と、腹を括《くく》っていたんじゃねえのかい！

その覚悟があったから、これまでは万事が上手く運んだ。

八丈島からの千に一つの島抜けに成功し、覚禅が隆禅を討ち、まず喜八が湊屋茂兵衛に恨みを晴らし、次に玉菊が憎い新之介の心の臓に鎧通を突き立てた。

わしらは幸運だったのだ。

しかし、黄八丈を着た玉菊が、大川橋から揚羽蝶《あげはちょう》のように飛んだ瞬間が、わしらの幸運の絶頂だったような気がする。

わしはそれでよかったと思う。

まだ米吉とわしの恨みは晴らせていないが、これを五人でやることもねえだろう。

やったところで、今までのように上手くいくとは思えねえ。

すでに恨みを晴らした者と、これから晴らそうとする者の気持ちが一つになることを、もはや望むことはできまい。

それが人間というものだ。それでいいじゃねえか。ここらでわしらは一度解散して自由になろう」

彫常は息を継ぎ、何か言おうとする四人を手で制して、断固とした口調になった。

「もし源次が裏切ったのなら猶予《ゆうよ》はねえ。捕り方に囲まれる前にここを出る。が、出るのは一人ずつだ。

落ち合う場所は、深川八幡（富岡八幡宮）さまの大鳥居。刻限は夜四つ（午後十時）。そこへはわしと地獄巡りをしたい者だけが来てくれ。

あとの者はどこへ行こうと勝手だ。餞別は米吉と同じ五両。少ねえだろうが、受け取ってくれ。

るな！

さあ、支度を急ぐんだ！　みんな、自分が賞金首をぶら下げていることを忘れるな！

それじゃ、地獄で会おうぜ！」

彫常は、一方的に喋ると奥の部屋に入ってゆき、二度と出てこなかった。

最初に覚禅が席を立った。

「世話になったな」

ぽつりと言って、出ていった。

「あたいも行くわ」

玉菊が覚禅を追った。

「おれのせいです」

米吉が自分を責めた。

「そうじゃねえ、成り行きだ。さっさと行きな」

米吉がうなだれて出ていった後で、喜八は奥の部屋を振り向いた。が、彫常には声をかけずに外に出た。

空が青い。八丈島の空のようだ。

喜八は島で味わった絶望感が甦ってくるのを感じていた。

四

十蔵は着流しに編笠を被り、一見浪人のような恰好で「狐の穴」を出ると、柳橋《やなぎばし》を渡って浅草寺《せんそうじ》の方向へ迅《はや》い足を運んだ。

最近、この界隈には賞金首の一覧が載った瓦版を手にした、目つきの鋭い浪人、抜け目のなさそうな遊び人、欲の深そうな町人など、賞金稼ぎの姿が目立って多くなっていた。

この先の蔵前《くらまえ》には、島抜けの五人の首に賞金を懸けた山崎屋藤介の店があり、その先の駒形には彫常の留守宅があって、弟子で従兄弟《いとこ》の彫政が住んでいた。さらに通りの突き当たりの雷門には、二股膏薬の雷門の勘市が一家を構えていた。

つまり、彫常たち五人の賞金首が、一番姿を現す可能性のある場所ということだった。

十蔵は賞金稼ぎたちに粘っこい視線を浴びせられ、無数の呟きを耳にした。

「彫常か？　覚禅か？　米吉か？　喜八か？　玉菊ではないな。

なんだ、わしらと同じ賞金稼ぎか……」

連中は揃って屍肉《しにく》を喰らう烏《からす》のような不気味な目をしていた。

〈浅ましいものだぜ〉

十蔵は心中で嘆き、空を仰いだ。

「狐の旦那！」

不意に呼ばれて振り向くと、貧相な四十面《しじゅうづら》をした、鼬《いたち》の平助《へいすけ》が走り寄って来た。

「狸の旦那に言われ、旦那を探しておりやした」

鼬の平助は隠密廻り同心狸穴三角の岡っ引きだった。

「何があった？」

「へい、北町に密告がありやした」

「どんな？」

「彫常一味の隠れ家です」

「どこだ？」

「小名木の大島稲荷神社近くの一軒家だったそうです」

「それで？」

「へい、与力の狩場さまが指揮を執り、隠れ家を包囲して踏み込んだのですが、一足違いで蛻《もぬけ》の殻《から》だったそうです」

「そうかい」

十蔵はなぜかほっとし、続けて訊いた。

「密告《さし》た者《もん》はわかるかい？」

「へい、湯船屋の源次という男です。源次の密告で、隠れ家も湯船屋も彫政の世話だったとわかり、雷門の勘市親分が召し捕りに向かったんですが、こちらも蛻の殻だったそうです」

「そうかい、彫政にも逃げられたのか……」

十蔵が嬉しそうに言う。

「彫常も彫政も、二股膏薬の雷門の勘市の手に負える相手じゃねえってことよ」

二人が蔵前の札差山崎屋藤介の店に近づくにつれ、路上に佇《たたず》む賞金稼ぎの数が見立って多くなった。

これでは女や子供はむろんのこと、男でも気の弱い人間なら薄気味が悪くて通れないだろう。

「このありさまを、山崎屋藤介は見て見ぬふりか？」

「それどころか、賞金稼ぎが見張っていてくれるから用心棒代わりになると、山崎屋藤介は得意がっているそうですよ」

「腐ってるぜ！」

　十蔵は編笠をとった。

「平助、これを持ってどいてな」

「旦那はどうなさるんで？」

「この際だから、山崎屋藤介を引っぱたいて、賞金稼ぎが用心棒代わりにならないことを教えてやる」

「中には雷門の勘市がいますぜ」

「ふん」

「与力の狩場さまもいらしてるかもしれませんぜ」

「困るのはあっちだ。道理はこっちにある」

　十蔵は山崎屋に入ると、大声を張りあげた。

「山崎屋藤介に話がある！」

　物の弾みだった。が、もう一歩も退《ひ》けない。前を遮《さえぎ》る小僧、手代、番頭を、怪我をしない程度に投げ倒した。

「あがるぞ！」

雪駄を脱いで廊下を走った。

「山崎屋藤介、どこだ！」

これではまるで討ち入りだ。我ながら呆れた。

「山崎屋藤介、出てこい！」

「狐の穴」を出てきたときには、十蔵は山崎屋藤介に会うつもりはなかった。が、賞金稼ぎが佇《たたず》む不気味な光景を見て、急に気が変わっていた。

「ここか！」

勢いよく襖《ふすま》を開けると、雷門の勘市と七、八人の手下が、山崎屋藤介らしい男を守って、立て籠もっていた。

「おめえが山崎屋藤介かい？」

十蔵がひたと相手の目を覗いて訊いた。

「これでわかったろう。おれがその気なら、おめえの心の蔵に鎧通を突き立てていた。賞金稼ぎの連中は、用心棒代わりになんか、なりゃしねえんだよ。ついでに言わせてもらえば、雷門の勘市親分も大した役にゃ立たねえぜ。こんなに大勢の手下がいながら、おれをこの座敷に入れさせた。これを彫常が聞いたら、きっと見倣《みなら》うことだろうぜ」

「て、てめえ！　彫常の一味か！　や、山崎屋の旦那は討たせねえぜ！」

雷門の勘市が十手をかざして怒鳴った。

「野郎ども！　何をぼやぼやしてやがる！　そいつを早く召し捕らねえか！」

「おめえ……」

十蔵は冷ややかに言った。

「おれの顔を知らねえとは、もぐりだねえ」

「げっ！」

勘市はようやく誰なのか気づいたようだ。

「は、八丁堀の狐！」

「おう、その狐が表の通りを歩いていて、賞金稼ぎの気味の悪さと、その数の多さに吃驚《びっくり》したってえわけよ。山崎屋藤介、何とかなんねえかい」

「と仰いますと……？」

「懸賞金を撤回すれば、賞金稼ぎはいなくなる」

「わたしは倅を殺されました」

「不承知ってことかい？」

「ご老中も、南北の町奉行さまも、与力の狩場惣一郎さまも、ご賛成でございます。現に懸賞金の効果はてきめんで、彫常の隠れ家を見つけることができました」

「だったら……」

十蔵が凄んだ目付きになる。

「薄気味の悪い賞金稼ぎを何とかしな。今度通ったときに今日のように大勢いたら、全部、ここへ追い込む。その中に彫常の一味が紛れ込んでいて、鎧通をおめえの胸に突き立てても、おれは知らねえぜ」

「噂には聞いていたが、八丁堀の狐とは、礼儀を知らぬ破落戸《ならずもの》ですな……」

山崎屋藤介が憎々しげに応じた。

「たかが町奉行所与力の分際《ぶんざい》で、利いた風な大口を叩きおって、わたしを誰だと思っておるんですか！

わたしが懇意にしている幕閣のお歴々がこのことを聞いたら、八丁堀の狐を北町奉行所から追い払ってくださるでしょう。そのときには、自分の愚かさを思い知りなさい！」

「あははは、商人風情が盗人猛々《ぬすっとたけだけ》しいとはこのことよ。呆れ果てて物も言えねえ」

そのとき、廊下が騒がしくなった。

「狐の旦那、どこにいらっしゃいやす？」

伊佐治の声だ。急を聞いて駆けつけたのだろう。

「てめえら、邪魔するねえ！　叩っ殺されてえのか！」

店の者を怒鳴る声が近づいてくる。

「伊佐治、騒がしいぞ！　いま帰《けえ》るとこだ！」

呼びかけながら、十蔵は山崎屋藤介を振り向き、にやっと笑った。

「邪魔したな」


夜四つ（午後十時）になった。

富岡八幡宮の大鳥居の下には、二つの黒い影があった。彫常と喜八だ。

覚禅、玉菊、米吉の姿はなかった。

「あははは、さっぱりしたぜ」

彫常が愉快そうに笑った。

満更、強がりでもない。身軽になった解放感を味わっていた。

「薄情な連中ですね」

喜八は不満そうだ。ここにいない三人を罵《ののし》った。

「あいつら、誰のお蔭で江戸の土を踏めたと思ってやがるんだ。恩知らずども
め！」

「これでよかったんだ」

彫常が諭すように言った。

「お蔭でわしは山崎屋藤介の心の臓に鎧通を突き立てることだけに集中できる。

それも、明日か、明後日《あさって》で終わせるつもりだ。

喜八、おめえにはすまねえが、それまでわしに力を貸してくれねえか」

「あっしゃ、どこまでもご一緒しますぜ。さ、行きやしょう。これからはしばら
く屋根船の生活になりやすが、辛抱しておくんなせえ」

「ふふふ、八丈島の流人小屋の生活を思えば、どこに住もうが極楽よ」

大川の葦原の奥に船饅頭が使う屋根船が一艘隠してあった。

乗りこんだ喜八が櫓を漕ぎ、間近に座った彫常に言った。

「佃島《つくだじま》なら、滅多に人の来ない場所を存じておりやす。そこを拠点にしやしょう」

そして無邪気な顔になった。

「おれ、今、夢があるんでやす」

「どんな夢だ？」

「笑わねえでくださいよ」

「言ってみな」

「彫常さんに刺青を彫ってもらって、それを土産に八丈島に戻る夢でやす」

「八丈島に戻るだと？」

「おれ、それほど島の生活が嫌じゃなかった。元々、おれは漁師だったから、海さえ見てりゃ、落ち着けたんです」

「なぜ、それを言わなかった」

「ははは、とても言えませんでしたよ。彫常さんはおれの手をとって、二十年間も船を漕げるおれのような男を待っていたと、涙を流して言ったんですぜ」

「そうだったな」

彫常が苦笑した。

「彫ってやろう」

「え？」

「だから、刺青を彫ってやろう」

満天の星を仰ぎ、彫常が優しい声になった。

「絵柄はわしと同じ不動明王がいいな。

それを仕上げたら、わしは山崎屋藤介に鎧通を見舞いに行き、喜八、おめえは八丈島に戻れ。だが、島で待っているのは、死罪だぞ。わかっているな？」

「島の人たちは……」

喜八が面白そうに応えた。

「一度死んだ幽霊の死罪に驚くでしょうね」

第五章　竹とんぼ

一

待乳山聖天下《まっちやましょうでんした》の裏長屋に、大工の小頭の正吉一家が住んでいた。

今年、二十五歳になった正吉は、男っぷりは貧相で見栄《みば》えがしないが、大工の腕はたしかという評判の働き者で、妻のお光《みつ》は二十二歳になる、裏店《うらだな》に置くには勿体ない、まさに掃き溜めに鶴といった趣《おもむき》の美人だった。

二人の間には太吉という、元気で可愛い盛りの三歳の男児がいた。が、太吉は正吉の種ではなかった。

失火の罪で島流しになった、お光と恋仲だった米吉の種だったが、正吉は何もかも承知のうえでお光と所帯を持って、すぐに生まれた太吉を可愛がってくれていた。

お光にはそれが有り難く、また負い目にもなっていて、正吉には心から尽くしてきた。

〈幸せなんてこんなもの……〉

貧乏な職人の子に生まれ、裏長屋で育ったお光は諦めがいい。間違っても叶わぬ高望みはしなかった。

〈人間、欲を掻いたら切りがない。何でも腹八分くらいが丁度いいのよ〉

子供にひもじい思いをさせず、古着でいいからこざっぱりしたものを着せられれば、それで一家は幸せだった。

正吉は優しく、三日にあげず愛してくれ、体の相性がいいのか、いつも悦びに震えることができた。いまではあれほど熱愛した米吉のことを思い出すこともなくなっていた。

そこへ青天の霹靂《へきれき》のような騒ぎが起きて、否応なく巻き込まれることになった。

〈米吉さんが島抜けをした！〉

お光は大家が持って来た瓦版でそれを知った。

〈あたしに会いにくる！〉

一瞬、体が熱くなり、頭の中が真っ白になった。が、すぐに言い知れぬ不安に襲われた。

瓦版には、島抜けをした五人にはそれぞれに深い恨みを持つ者がいて、すでに三人が恨みを晴らしたという。

しかも、五人の首には高額の賞金が懸けられていて、米吉を殺すか捕まえれば百両。居場所などの情報を提供しただけでも、十両の懸賞金がもらえるとあった。

どこでどう嗅ぎつけたのか、お光と米吉のかつての相思相愛の関係も暴露されていた。

そのために一家は世間の好奇の目に曝《さら》され、さらに米吉がお光に会いに来たところを捕えようと、役人や賞金稼ぎや野次馬が、木戸の出入りを見張るようになった。

〈迷惑だわ！　どうして御赦免になるまで待てなかったの〉

お光は瓦版屋や、役人、賞金稼ぎ、野次馬、長屋の住人ではなく、島抜けをした米吉を責めた。

〈でも、誰かしら？　米吉さんが恨んでいる人って……。そんなに憎い人がいるのなら、島送りになる日に見送った、あたしと正吉さんに何か言ったはずだわ〉

お光は落ち着かなかった。

太吉を遊ばせながら、米吉のことを考えた。

男っぷりも、気性も、仕事の腕も、稼ぎも、閨のことも、すべてにおいて米吉の方が、亭主の正吉よりもわずかずつだが勝っていた。

正吉だけを見ていれば、正吉で満足できた。が、こうやって米吉と比べてみると、途端に正吉が色褪せてしまう。

だからこそ、現在のささやかな幸せを守るために、米吉に会ってはいけないと思った。

〈お願い、米吉さん、こっちへ来ないで！〉

お光は祈った。何よりも米吉に太吉を見せたくなかった。

〈太吉は正吉さんの子よ。入墨者の米吉さんの子ではない。わかるでしょう。太吉は流人の子なんかじゃないのよ！〉

夕方になって、正吉が大工道具を担ぎ、悄然《しょうぜん》とした顔で帰ってきた。

「ちゃん！」

太吉が飛びつく。

「おお、太吉、元気だな。よし、銭湯へ行こう」

正吉が嬉しそうに太吉を抱きあげた。

「あんた、大変よ！」

お光が瓦版を見せた。

「米吉さんが島抜けをしたの。聞いた？」

「ああ、棟梁《とうりよう》が教えてくれた」

改めて瓦版を手にした正吉の顔から、すうっと血の気が引いていく。真っ青になった。が、お光はそれに気づかない。

「やっぱり米吉兄《あに》いは凄えや。八丈島からだって三年で戻ってきてしまう。おれがどう逆立ちしたって、勝てるわきゃなかったんだ」

「あんた、何を言ってるの。米吉さんは御赦免で戻ってきたんじゃなくて、大それたことに島抜けをしたのよ。

おまけに仲間の人たちと、三人もの人を殺しているのよ。今度捕まれば、間違いなく死罪になるわ。そのうえ、百両の懸賞金をかけられて、江戸じゅうの人に追われているのよ。

ねえ、あんた、米吉さんが死ぬほど恨んでいる人って誰なの？　本当に心当たりはないの。もしかして……」

「も、もしかして？」

鸚鵡返《おうむがえ》しに訊いた米吉の声が震えた。

「棟梁じゃないかしら？　棟梁は火事を出した米吉さんに冷たく当たって、島送りになってからも一度も見届品を送ってないでしょう。それで……」

「莫迦《ばか》なことを言うんじゃねえ。棟梁は迷惑をかけた施主へのけじめで、米吉兄いに厳しく当たったんだ。本当のことを言やあ、おれが年に二度送っていた見届品だって、頭領に頼まれておれの名で送っていたんだ」

「そうだったの。じゃあ、誰かしら……」

お光が目をつぶって考え込む。

「あたし、怖い！」

声が震えていた。

「何か悪いことが起こりそうで、とっても怖い」

目を見開いたとき、お光は悲鳴をあげていた。

「太吉、どこなの？　太吉がいないわ！」

部屋の中に太吉の姿はなく、戸がわずかに開いていた。

「外だ！」

正吉が血相を変えて飛び出す。

「太吉！」

大声で名前を叫んだ。

「どこだ、太吉！」

すると、表の木戸の近くから元気な声が返ってきた。

「ちゃん」

「なんだ、そこにいたのか。脅かすねえ。悪い奴に攫《さら》われたかと思ったじゃねえか」

引き寄せ、抱きあげようとした。

「うむ？　太吉、それは竹とんぼじゃないか？」

太吉の小さな手に、竹とんぼが握られていた。

「だ、誰に……」

正吉の声が引き攣《つ》った。

「こんなものを、もらったんだ！」

「わあーん！」

正吉の剣幕に驚いて、太吉が泣き出した。

「太吉！」

近寄ってきたお光が、竹とんぼを取りあげる。

「これ、どうしたの？」

「わあーん！　小父《おじ》ちゃんがくれたんだよお」

「小父ちゃん？　どこの小父ちゃん？」

「わあーん、知らないよお」

太吉は泣きながら答えた。

「あ、あんた！」

お光が怯えたように周囲を見まわした。

「米吉さんが来たんだわ！」

取りあげた竹とんぼを震える手で正吉に渡した。

「これ……米吉さんの竹とんぼよ」

米吉は竹とんぼ作りの名人で、お光も正吉も、特徴のある米吉の竹とんぼを何度も見ていた。正吉は無言で竹とんぼを握りしめたままだ。

「もう、いや！」

お光が、泣きじゃくる太吉を抱いて、激しく首を横に振った。

「誰も知らないところへ、引っ越しましょう」


「狐の穴」の猪吉、鹿蔵、蝶次の三人は、大工の正吉一家を見張って、米吉が現れるのを待っていた。

昼間は猪吉が長屋を見張り、鹿蔵と蝶次が仕事に出かける正吉にぴったりと張りついた。そして夜間は三人が交替で長屋を見張った。

「今日も空振りのようだぜ」

正吉に尾《つ》いて戻ってきた鹿蔵と蝶次に向かい、猪吉が腹立たしそうに言った。

「長屋の周りに賞金稼ぎがこんなにいたんじゃ、彫常一味は近づくこともできねえだろうよ」

「まったくだ。やってられねえぜ」

鹿蔵の声がひどく疲れて聞こえた。

「正吉が働く普請場の周りにも、瓦版を手にした金の亡者どもが集まっている。

あれじゃ、近所迷惑になるし、そのうち正吉は普請場から外されるってことになりそうだぜ」

「そうなっても自業自得というやつさ……」

猪吉が冷ややかな口調で話した。

「狸の旦那の調べじゃ、米吉の失火とされた火事は、お光に横恋慕をした正吉の付け火の疑いもあるということだ」

「可哀相だな……」

蝶次がぽつんと呟いた。

「太吉を、おれたちみたいな親なしっ子にさせたくねえ」

三人とも三歳になる前に親を亡くし、掏摸の親方の仏の善八に育てられた身だった。

「おや？　その太吉が一人で出てきたぞ」

猪吉が声をひそめた。すると次に蝶次が叫んだ。

「あっ！　屋根から男が飛びおりた。米吉だ！」

言うやいなや、駆け出そうとする。

「ま、待て、子供がいる」

猪吉が止めた。

「子供を人質にされるぞ。木戸を固めて様子を見よう」

米吉らしい男が、太吉の頭を撫で、何か渡した。と、そこへお光と正吉が飛び出してきて、太吉を抱きしめた。米吉がすうっと動いて物蔭に隠れた。

「正吉を殺る気ですぜ」

鹿蔵と蝶次が飛び出そうとした。

「待て！　殺る気じゃねえ。まだ出るな」

猪吉が二人を制して早口になった。

「殺る気なら、太吉を離しゃしない。おれたちが踏み込むのは、正吉親子が家に入ってからだ。それより米吉から目を離すな。どこから忍び込んだか知らないが、出口は木戸しかねえんだ。長屋の木戸を閉めれば、米吉は袋の鼠。抜かるなよ」

正吉親子が家に入って行くのが見えた。米吉は物蔭から動いた気配がなかった。

「いつも復讐は五人で果たしていたから……」

蝶次が猪吉に訊いた。

「米吉は彫常たちが来るのを待っているんですかね？」

「そうかもしれねえが、狐の旦那ならこう言うぜ。おれたちが待ってやる義理はねえってな。

　さあ、米吉を召し捕ろうぜ。蝶次、おれと鹿蔵が中に入ったら、木戸を閉めて絶対に開けるんじゃねえぞ」

「合点だ！」

　蝶次が答えたとき、後方で大音声《だいおんじょう》があがった。

「いたぞ！　百両首の大工の米吉が、長屋に姿を現したぞ！　それっ！　早い者勝ちだ！　長屋に突入しろ！　百両首を討ち取れ！」

　賞金稼ぎの連中だ。猪吉たちの動きを見ていて、米吉が現れたと大山を張ったのだろう。

　それが的中した。

「おおう！　わしらが百両首を頂戴するぞ！」

　十数人の賞金稼ぎの浪人が、一斉に抜刀して木戸に向かった。その後に十数人の遊び人と強欲な町人が、口々に叫びながら続いた。

「てやんでえ！　百両はおれっち町人のものだあ！　邪魔しやがると、侍だからって遠慮はしねえぜ！」

まるで牛の大群の暴走を見ているようだ。

「くそっ！　一人も通さねえぞ」

蝶次が棍棒を握って躍り出ようとした。

「よせ！」

猪吉が止めた。

「こうなりゃ、仕方がねえ。連中は中に入れて様子を見よう。おそらく米吉は屋根に逃げる。どうせ連中は気づきゃしねえさ。おれたちはここから米吉の動きを見ていて、こっちへ逃げてきたら、とっ捕まえよう」

その間にも抜刀した浪人と、腕捲りをした町人が、大声をあげて木戸を突破し、長屋の路地を走りまわった。

「大工の米吉はどこだ！　百両首はいたか！　探せ！　島抜けの大罪人を匿うと同罪だぞ！　一軒ずつ家探しをするぞ！　火を放てば飛び出してくるぞ！　そうだ、火をかけろ！　百両首を炙《あぶ》り出せ！」

賞金稼ぎたちの、言いたい放題、やりたい放題に、長屋の住人も黙っていない。

「こきゃあがれ！」

一人が天秤棒を振りあげて怒鳴った。

「てめえらの腐った内臓《はらわた》が臭《くさ》くてたまらねえ！　とっととこの長屋から出ていかねえと、一人残らず叩きのめすぞ！」

別の男も叫んだ。

「もしこの長屋に百両首が迷い込んだんなら、その首はこの長屋の住人のものだ。おめえら余所者《よそもの》に渡しゃしねえ。懸賞金の百両はこの長屋の住人で仲良く分けるんだ。さあ、わかったらさっさと出ていきな！」

この懸賞金分配の声に、固く閉ざされていた長屋の戸が開いて、手に手に棒や包丁などの武器を持った住人が、先を争って飛び出してきた。

その数、五、六十人、無法な侵入者の倍近い人数になった。

「余所者は出ていけ！」

口々に大声で叫んだ。

「賞金稼ぎを叩き出せ！」

じり、じりっと、木戸の方へ追いやる。

「破落戸どもをぶっ殺せ！」

数人が調子に乗って石を投げ、それが浪人の顔に当たった。

「おもしれえ！」

顔を血で染めた浪人が、刀を八双に構えて、仲間を見た。

「どうでえ、方々、貧乏町人どもにぶっ殺されてみねえか！」

「がははは、それも一興《いっきょう》！」

髭面の偉丈夫《いじょうふ》が笑った。

「拙者は刀が折れるまで、刃向かわせてもらおうぞ」

「ふん、恰好つけんじゃねえや！」

勢いづいた住人が言い返す。

「それっ！　みんなで賞金稼ぎを追っ払おうぜ！」

一触即発だった。双方がぶつかり合えば、大量の死傷者が出ることは火を見るよりも明らかだった。

「ま、待てっ！　みんな待ってくれ！　殺し合いはいけねえよ！」

正吉が大手を広げて長屋の住人を止め、賞金稼ぎに向かって叫んだ。

「おれが大工の米吉だ！　長屋の人たちゃ関係ねえ。斬りたきゃ、おれを斬れ！」

「やっと出てきおったか！」

髭面の偉丈夫が舌なめずりをした。

「百両はわしがもらった！」

八双の構えから踏み込み、袈裟懸けに斬りさげた。

「うわっ！」

正吉が血飛沫《ちしぶき》をあげて仰《の》け反《ぞ》った。が、浅い。髭面が二の太刀を浴びせようとした。

「やめろ！　斬るな！　おれたちゃ、北町与力狐崎十蔵さまの手の者だ」

猪吉が駆け寄りながら怒鳴った。

「そいつをよく見ろ。米吉じゃなく、この長屋の住人、大工の正吉だ。たとえ勘違いで斬ったにせよ、遠島は免れないぞ。覚悟するんだな」

「そ、そやつが、米吉と名乗った！」

「そんなことは番屋で言え！」

猪吉が鹿蔵と蝶次を振り向き、命じた。

「それっ、召し捕れ！」

「御用だ！」

二人が同時に応じた。

「神妙にせよ！」

髭面の偉丈夫が後退《あとじさ》る。

「ひ、退《ひ》け！」

先頭に立って逃げ出した。

「逃がすな！　追え！」

長屋の住人が叫んだ。

「大工の正吉を斬った浪人をやっつけろ！　捕まえて、ぶっ殺せ！」

口々に叫んで追う住人に紛れて、屋根からおりた米吉は、すばやく長屋の木戸を出ていった。


「あ、あんた！」

お光が家に運び込まれた正吉に縋《すが》りついた。

「どうして、米吉さんだなんて名乗ったの！」

「わ、わからん」

正吉が涙をこぼした。

「おれの手足が、良心の呵責《かしゃく》のために勝手に動いたとしか思えねえ。これで少しは米吉兄いに借りを返せた……」

正吉は苦しい息の下で、お光に思いも寄らぬ告白をしはじめた。

鹿蔵が呼びに行った医者はまだ到着せず、部屋には正吉、お光、太吉の親子と、身分を告げて三人の身辺を守る、猪吉と蝶次がいた。

「おれはお光、おまえに横恋慕をした。その気持ちをどうしても抑えることができなくなって、お、おれは米吉兄いに失火の罪を被せたんだ……」

蝶次が、竹とんぼを持った太吉を膝に乗せ、そっと耳を塞いだ。

「あの火事は米吉兄いの失火ではなく、本当はおれが火を放ったんだ。お光、ど、どうか許してくれ。米吉兄いには、先に三途の川を渡って、向こうで許しを乞うつもりだ」

お光は茫然となった。

なぜこんなときに、そんなことを話すのかと、心底から正吉を恨んだ。どうせ騙すと決めていたのなら、黙って墓場まで持っていってほしかった。

そのとき表の戸が開き、鹿蔵が金創医《きんそう》の玄庵《げんあん》を背負って入ってきた。

玄庵は、八丁堀の狐崎家の屋敷内で開業している、腕のよい町医者だった。

「傷は急所を外れておる。この季節なら傷口が化膿《かのう》することもないから、九分九厘助かるだろう」

玄庵は傷口を見てから、まずそう言ってお光を安心させた。

「これから焼酎で傷口を洗って、縫い合わせる。十日もすれば糸も抜けて、二十日もすれば普通に歩けるようになる。

つまらん。わしを呼ぶなら、もっと難しい患者にしてくれ。

ほら、鹿蔵、ぼけっとしてないで、早く湯を沸かせ。

今日はお袖はいないのか。お袖は伊佐治が斬られたとき、献身的な看病をして、外道の看病の仕方を身につけた」

「あ、あのう。あたしがやります」

お光だった。

「あたしに看病の仕方、教えてください」

「ふん、ま、いいか。お袖より若いし、美人だ」

玄庵は満足そうに頷いた。

二

聖天下《しょうでんした》の裏長屋から走り戻った米吉は、橋場の総泉寺《そうせんじ》の門前に広がる、浅茅《あさじ》ヶ原《はら》の廃屋で鎧通を握りしめて、ぜいぜいと荒い息を吐いていた。

〈一体《いってえ》、どうなってやがんだ？〉

米吉は思わぬことの連続で混乱していた。

〈わかっているのは、おれが正吉に助けられて、九死に一生を得たということだけだ〉

水桶の水を柄杓《ひしゃく》で汲《く》んで呑み、土間に敷いた莚《むしろ》に胡坐《あぐら》をかくと、あったことを順を追って考えてみた。

午《ひる》ごろ、鎧通で竹を削って、竹とんぼを作った。

竹とんぼ作りは子供のころから得意で、米吉が作った竹とんぼは、いつも誰よりも高く飛んだ。

久しぶりに作った竹とんぼは、これまでにない会心の出来映えで、高く高く飛んだ空に、太吉の顔が浮かんだ。

〈これを太吉にやろう!〉

そう思いつくと、矢も盾もたまらなくなった。

その瞬間、米吉の脳裏から、正吉への恨みも、役人や賞金稼ぎに追われる恐怖も、消え去っていた。が、さすがに明るいうちは近づけず、暗くなるのを待って、屋根伝いに長屋に忍び込んだのだ。

こんなことは大工や火消しにとっては造作《ぞうさ》のないことで、ちょっとした足場があれば屋根にあがれ、屋根同士はどこかで繋がっていた。

米吉は長屋の屋根に伏せてじっと待った。

そこからは木戸が見え、その近くで張り込む役人や、大勢の賞金稼ぎの姿が見えた。

〈こいつは魂消《たまげ》た!〉

米吉は心底驚いた。

〈おれがこんなに人気があるとは、夢にも思わなかったぜ!〉

見つかったら最後と、好機が訪れるのを、身じろぎもせずに待った。

やがて、大工の小頭の印半纏《しるしばんてん》を着た正吉が、道具箱を肩においた鯔背《いなせ》な恰好で帰って来た。

その姿を見た米吉は、激しく衝《つ》きあげてきた怒りと憎悪と嫉妬に目が眩《くら》み、われを忘れた。

〈正吉！　てめえはおれから、その恰好を奪ったんだぜ！　許せねえ！　恨みを晴らしてやる！〉

気がつくと、鎧通を握って、屋根から飛びおりていた。が、正吉が家に入った後だった。

〈すぐに銭湯へ行くはず……〉

物蔭に身を潜め、待った。

〈出てきたら、心の臓をひと突きだ！〉

すると、わずかに戸が開いて、そろりと太吉が出てきた。一人のようだ。米吉は急いで鎧通を隠し、竹とんぼを取り出した。

「太吉、おいで……」

小声で名を呼んで、手招いた。小首を傾げ、太吉が近づいてくる。

「ほらっ！」

竹とんぼを小さく飛ばした。

「きゃっ」

太吉が目を輝かす。

「ほらっ！」

すこし高く飛ばした。

「きゃ、きゃっ！」

太吉は夢中で竹とんぼを目で追っている。

失速して落ちる寸前に手で受け、太吉の小さな手に握らせた。初めて握る、息子の手だ。

「竹とんぼ、だ」

と、教えた。

「たけとんぼ？」

太吉が応え、屈託のない笑顔を見せる。胸が熱くなり、米吉は泣きたいほどに切なくなった。おれの子だ、という声が喉まで出かかる。

「太吉にあげよう」

頭を撫で、優しく言った。

「小父ちゃん、ありがと」

太吉が弾んだ声で言ったとき、

「太吉！」

大声で呼ぶ、正吉の声が聞こえた。

「ちゃん」

太吉は、もう米吉を見向きもせずに、正吉の懐《ふところ》に飛び込んで行った。

そのとき、木戸の方で大声があがって、どどっと賞金稼ぎの浪人たちが駆けてくる足音が迫った。

米吉は屋根に飛びあがって瓦に身を伏せたが、生きた心地がしなかった。

太吉が手に持っている竹とんぼを見て、正吉は米吉が恨みを晴らしに来たことを知ったはずだ。

そして米吉が長屋の屋根に伏せていることも、大工の正吉なら手に取るようにわかるはずだった。

絶体絶命だった。

「みなの衆！」

正吉は、賞金稼ぎの浪人たちや長屋の住人に向かって、こう叫ぶだろう。

「百両の賞金首の米吉は、長屋の屋根に隠れておりますよ！」

それだけで正吉は安全になり、米吉は賞金稼ぎの連中に追われ、斬られるか、捕えられる。

〈くそっ、正吉の奴！〉

米吉は鎧通の鞘を払った。

〈地獄の道連れにしてやる！〉

思ったとおり、正吉が姿を現し、叫んだ。

米吉は屋根を飛びおり、正吉を刺そうと身構えた。が、正吉の叫びは、意外なものだった。

「おれが大工の米吉だ！」

すぐに正吉が賞金稼ぎの浪人に斬られるのを見た。

米吉は仰天したが、その後の大混乱に乗じて、長屋の木戸を抜け出した。

「大莫迦《おおばか》野郎だぜ！」

米吉は声に出して正吉を罵った。

「てめえは餓鬼んときから、やることが中途半端なんだよ。

おれを陥れて島流しにしておきながら、律儀にも年に二度の見届品を送ってくれた。もしあれがなかったら、おれは島で死んでいたかもしれねえ。が、その方がおめえには都合がよかったはずだ。

そして今度のことだ。てめえは黙って長屋の屋根を指差すだけで、お光と太吉の幸せを守ってやれたんだ。それを助けても無駄なおれを助けようとして、お光と太吉を悲しませることになった。どうしようもねえ大莫迦野郎だぜ。

てめえが死んだか、助かったか、それは知らねえが、おれは借りを返さなきゃ、死ぬに死ねなくなっちまったじゃねえか。何があろうが、太吉だけは守ってやりてえからな」

米吉は、鎧通を胸に抱いて、束の間の眠りに落ちた。

湯船屋の源次は、八丈島を島抜けした賞金首の米吉が、聖天下の裏長屋に住む大工の正吉を襲ったと聞いて、身震いをした。

〈くわばら、くわばら〉

源次は彫常たちの報復を怖れ、五人が捕まって処刑されるまでの間、湯船屋を休むことにして、小名木川を大川に向かって湯船を漕いでいた。

〈あのときは魔がさしたんだ〉

千両の懸賞金に目が眩み、駒形の彫政に頼まれて世話をしていた、彫常たち五人の隠れ家を、役人に密告してしまった。が、一足違いで逃亡され、手にした賞金はたったの十両だった。

〈十両じゃ、割が合わねえ。が、どうせ乗りかかった船。湯船屋を休む間、賞金稼ぎになって、彫常たちを探そう。

いひひ、おそらく今は喜八が漕ぐ屋根船の中に隠れているのだろう。蛇《じゃ》の道は蛇《へび》。そういった船の居場所は限られている。喜八なら、たぶん佃島。へへへ、もう賞金を頂いたようなもんだぜ〉

源次はほくそ笑んで船を進め、萬年橋のひとつ手前の、海辺大工町《うみべだいくちょう》と常盤町《ときわちょう》に架かる高橋《たかばし》の下を潜った。

ばしゃ！

突然、橋から何かをかけられた。ぬるっとした液体だった。

「何をしやがる！」

源次が怒鳴った。

その怒声に応えるかのように、二杯目が頭に浴びせられた。

ばしゃ！

源次は鼻を突く独特の臭気に、浴びせられたものの正体を知り、絶望的な声をあげた。

「わあっ、わあ……！　あ、油だ！」

橋から松明《たいまつ》の火が落とされた。

「よ、よせ！　や、やめてくれーっ！」

ぼおっ！

空気が爆《は》ぜ、瞬時に源次の体が炎に包まれた。

「うわわーっ！」

絶叫をあげる源次の手と足が、炎の中で狂ったように踊った。

「見たぞ、彫政！」

橋の上で声がした。

「雷門の勘市が、てめえの湯船への付け火と殺しを、この目でしかと見た。もはや逃れられぬと観念して、神妙に縛《ばく》につきゃあがれ！」

「しゃらくせえ！」

名を呼ばれた彫政が、ぴょんと橋桁《はしげた》に乗った。

「捕えられるものなら、捕えてみやあがれ！」

その声が終わらぬうちに、彫政の姿が橋桁からふっと消えた。

「わっ、野郎、炎の中に飛び込みゃあがったな！」

雷門の勘市が狼狽《うろた》えた。

「彫政には捕まえて訊きてえことがあるんだ。彫常の隠れ家を吐かせなきゃなんねえんだ。彫政を死なすな！」

「お、親分、もう無理ですぜ！」

下っ引きが叫んだ。

「彫政の野郎は源次に抱きついていやす！　もう二人とも焼け死んじゃってますぜ」

そのとき、湯船の炎が、ごおっと音を立てて渦巻いた。

「あっ！　船が沈むぞ！」

誰もが叫ぶだけだ。為《な》す術《すべ》がない。

やがて湯船は沈み、油の浮いた水面だけが、彫政と源次の送り火のように、ちろちろと燃えていた。

三

「おめえら、甘《あめ》えぜ！」

十蔵が手下を一喝した。

「幽霊に遠慮をしてどうするんでえ！」

伊佐治の張り込みの甘さが彫政を死なせ、長屋を見張っていた猪吉、鹿蔵、蝶次の判断の甘さが、正吉に重傷を負わせ、米吉を逃がした。

「すくなくとも……」

と、十蔵が猪、鹿、蝶の三人を見て、厳しい口調で言った。

「幽霊に狙われている正吉の長屋で、幽霊の一人の米吉が屋根から飛びおりるのを見たら、おめえら三人は何かを考えるより先に、まっしぐらに獲物に向かって走ってなきゃいけなかったんだ。

まず走れ！　おれはそう教えたはずだぜ。

考えるのは、走りながらもできるが、走るのは、考えてちゃできねえ。一瞬でも走るのを躊躇《ちゅうちょ》したら、後手を踏んでしまうんだ。

猪吉、もしおめえらが即座に走っていたら、どうなっていたと思う？」

「へい、もしあっしら三人が走っていたら……」

猪吉が、十蔵にそう訊かれるのを待っていたかのように淀《よど》みなく答えた。

「あっしらの動きを見張っていた賞金稼ぎの浪人たちが、あっしらを追いかけて長屋に入り、米吉の首の奪い合いになったでしょう。

米吉は寄《よ》って集《たか》ってずたずたに斬られ、右腕と左腕を別々の人間が持っているといったような、とんでもねえ始末になったんじゃねえでしょうか」

「そうだろうな。で、正吉はどうしたと思う。家から出てきて自分が米吉だと叫んだと思うか？」

「本物がいるんです。そんなことはしないでしょう」

「それじゃ、長屋の住人はどうしたと思う。今度のように武器を手にして賞金稼ぎを追い払ったと思うか？」

猪吉が答えに窮し、鹿蔵と蝶次を振り向いた。

「長屋の人たちは出てこなかったでしょう」

鹿蔵が猪吉に代わって答えた。

「……と言うより、賞金稼ぎの連中が、米吉の首を持って、さっさと長屋を出ていってしまったと思います」

「おれも、そう思う」

十蔵が、じろっと三人を見た。

「それじゃいけなかったのかい？　おめえらが走っていれば、島抜けの大罪人が、一人、片づいたんだぜ」

「よ、米吉は……」

猪吉が必死の面持ちで、自分たち三人の気持ちを訴えた。

「賞金稼ぎなんかじゃなく、おれたちの手で召し捕ってやりたかったんです」

「だから、おれたちゃ甘えんだよ」

十蔵が苦笑《にがわら》いを浮かべ、指で首筋を搔いた。

「おれたちゃ、おれを含めて幽霊に遠慮をしてたんだ。

八丈島から島抜けした彫常たちに同情し、心の奥底で恨みを晴らさせてやりてえと思っていた。そうじゃねえかい、伊佐治？」

「へい、仰るとおりです」

「おれはそれが間違いだとは言わねえ。隠し番屋の『狐の穴』じゃ、それもありだと思っている。が、これだけ賞金首が世間を騒がせちゃ、もういけねえ。おれたちゃ、幽霊退治に遠慮を捨てることにする。隠し番屋の出動だ！」

十蔵が凛《りん》とした声で言い放った。

「みんな、支度をしろい！」

「へい！」

手下の四人が声を揃えた。


一刻（二時間）後、北町奉行所与力の狐崎十蔵は、狐色の火事羽織《かじばおり》、野袴《のばかま》、陣笠《じんがさ》、草鞋《わらじ》履き姿で、指揮用の三尺五寸（一メートル六センチ）の大十手《おおじって》を肩に担ぎ、聖天下の裏長屋に出動した。

それに従う手下の伊佐治、猪吉、鹿蔵、蝶次の出で立《いでた》ちは、狐色の半纏《はんてん》、股引、草鞋姿で、樫の突棒《つくぼう》を手に持っていた。

この扮装が、お吉とお袖が工夫して拵《こしら》えた狐の穴の出動姿で、狐色の火事羽織と半纏は、裏返して着ると黒衣になった。

「おれは……」

と、十蔵が大音声で叫んだ。

「北町奉行所与力の狐崎十蔵だ！」

驚いて浮き足立つ賞金稼ぎの浪人や町人を、はったと睨んで大見得《おおみえ》を切った。

「この中に、大工の正吉を斬った浪人と、その一味がおろう！

与力のおれが直々に捕えて、極刑に処してやろう！

もはや逃《のが》れられれぬぞ！　観念して、さっさと縛《ばく》につきゃあがれ！」

「あっ、いた。あそこだ！」

猪吉は髭面の偉丈夫を棍棒の先で示すと、それに向かって走っていた。

「正吉を斬った浪人はこやつです！」

十蔵、伊佐治、鹿蔵、蝶次が、旋風《つむじかぜ》となって走って、髭面の偉丈夫の浪人を取り囲んだ。

「な、何だ！」

浪人が抜刀して吠えた。

「よ、容赦はせぬぞ！」

「ほう、お上に刃向かおうってのかい？」

十蔵が、三尺五寸の大十手を振りおろす。

キイーン！

火花が散り、音がして、浪人の刀が鍔元《つばもと》近くから折れた。

「くそっ！」

折れた刀を捨て、脇差を抜いて、体当たりをして来た。

「でやーっ！」

十蔵が裂帛《れっぱく》の気合いを発して、起倒流柔術の必殺技「竜巻落とし」を炸裂させる。

「わわーっ！」

悲鳴をあげた浪人の体が木の葉のように舞ったかと思うと、地上に頭から落下して、長々と伸びた。

「おのれ！　何が北町の与力だ。こんな恰好の町方与力なんか見たことがねえ」

賞金稼ぎの十数人の浪人が一斉に抜刀して、口々に叫んだ。

「大方、賞金首を横取りしようって魂胆だ！　相手はたったの五人、やっちまおうぜ！」

「度し難い愚か者揃いよ」

十蔵が十手を振った。

「八丁堀の狐の名も聞いたことがねえのかい！」

手当たり次第にぶちのめした。

伊佐治、猪吉、鹿蔵、蝶次も、棍棒を振るい、起倒流柔術の技を発揮した。

「てめえら、どいつもこいつも召し捕って、島送りにしてやらあ！」

十蔵が怒鳴った。が、召し捕ると口で言うばかりで、一向に縄を打とうとはせず、打ちっ放し、投げっぱなしだった。

十蔵に何か魂胆があるのだろう。

いつの間にか気絶していた髭面の浪人の姿が消え、その後を追ったように長屋の周りから賞金稼ぎがいなくなった。

「さあ、これでよし。米吉が来るのを待つとしようぜ」

十蔵は火事羽織を裏返して黒衣になった。

伊佐治も半纏を裏返し、長屋の木戸を眺めると、半信半疑の声になった。

「狐の旦那、米吉は来るでしょうか？」

「ああ、来るさ」

十蔵が断じた。

「米吉の幽霊は、ここより他に出る場所がねえんだ。おれたちで引導を渡してやろう。さあ、抜かるんじゃねえぞ！」

「へい！」

伊佐治ら四人が黒衣をひるがえして配置についた。

米吉は夜を待って浅茅ヶ原の廃屋を出ると、大川の土手道をゆっくりと下流に向った。

朝からの強風が去った空には、鎌のような月が出ていて、対岸の向島の景色が墨絵のように美しかった。

やがて、前方に吉原の遊客を乗せた猪牙舟で賑わう山谷堀《さんやぼり》が見えてきた。

そこに架かる今戸橋《いまどばし》を渡れば、正吉が住む聖天下の裏長屋は近かった。

米吉は橋を渡った。

待乳山聖天を見あげる物蔭で様子を窺う。

静かだ。

賞金稼ぎの浪人や遊び人の姿がなかった。

〈そ、そんな!〉

賞金稼ぎの姿がない理由を、一つしか思い浮かばなかった。

〈正吉が死んだ?〉

賞金稼ぎの連中は、正吉が死んで恨みを晴らした恰好になった米吉が、この長屋に来ることはないと判断して、引きあげてしまったのだろう。

〈正吉は死んだのか……〉

米吉は茫然となった。が、その場合はどうするか、それはすでに決めてあった。

〈いずれにしろ、懸賞金の百両は、太吉のために遺してやる〉

それが浅茅ヶ原の廃屋で考えた末に出した結論だった。

米吉は昨日《きのう》と同じように、屋根伝いに長屋に忍び込む。木戸の付近を眺めても、賞金稼ぎの姿はなかった。

正吉の家の戸は閉まっていた。

米吉は屋根から飛びおりようとし、背後に人の気配を感じた。

「だ、誰かいるのか？」

鎧通を抜き、身構えた。

「待っていたぜ、米吉！」

屋根に伏せていた、二つの黒い影が身を起こした。

黒衣の鹿蔵と蝶次だった。

「神妙にしな！」

するとと、米吉が、ぱっと飛んで屋根から消えた。

すとんと地上におり立った米吉を、三つの黒い影が取り囲む。十蔵と伊佐治と猪吉だった。

「待ってたぜ、米吉！　おれは北町奉行所与力の狐崎十蔵だ。もう逃げられねえ。観念するんだな」

屋根からおりた鹿蔵と蝶次も加わって、米吉は完全に袋の鼠となった。

「く、来るな！　おれに近づくな！」

絶叫した米吉が、止める間もなく鎧通を自分《おのれ》の心の臓に突き立てた。

「お願《ねげ》えだ！　お、お光を呼んでくれ！」

正吉の家の戸が開き、お光が転がり出てきた。が、目を見開いて、棒のように突っ立ったままで、米吉に近づこうとしない。

「お、お光！」

米吉が必死に声を絞り出す。

「こ、この鎧通の柄《つか》を摑むんだ。そうすりゃ、おめえがおれを仕留めたことになり、懸賞金の百両がもらえる。そ、それで太吉を育ててくれ。さ、早く、この柄を握るんだ！」

お光は首を横に振って、後退った。

「お光、何をしている。正吉が死に、おれも死ぬ。おめえは太吉を辛い目に遭わせてえのか！」

「うちの人は生きているわ……」

お光が怪訝《けげん》そうに応えた。

「斬られたけど、助かったのよ」

「正吉が生きているって！　それじゃ、どうして賞金稼ぎの連中が姿を消したんだ？」

「目障りだから、おれたちが追っ払った。どうでえ、その鎧通、まだ心の臓に達していないようだから、引き抜いてやろうか。そうすりゃ、助かるぜ」

「ふふ、ふふふ、お、おれに構うねえ！　おりゃあ死んだ人間だ。ふっ、お笑いだぜ。正吉が死んだと思って、太吉に百両、遺してやろうと……。

ふふふ、よ、余計なお世話だってか！　えへへ、おりゃあ、最期もどじったぜ！　あ、あばよ！」

米吉が満身の力を込めて、両手に握った鎧通の柄を深く沈めた。

「いやーっ！」

お光が両手で顔を覆って叫ぶと卒倒した。

「御用、御用！」

木戸の方が騒がしくなり、狸穴三角が捕り方を率いて駆けつけた。

「遅《おせ》えぜ。見な！」

十蔵が顎で差す。

「米吉はおれたちの手の届かねえ遠くへ行っちまったぜ」

三角は米吉に掌を合わせ、そっと十蔵に訊いた。

「正吉が、いろいろ言ってるようですが、どうします？」

「ああ、あれか。大方《おおかた》、米吉に脅されて埒《らち》もねえことを口走ったのだろうが、二度とつまらねえことを言わねえように、おめえから厳しく釘を刺しておきな。

それにしても米吉って野郎は、人騒がせな太《ふて》え野郎だったぜ。そんなのがあと四人もいるんだ。こんなとこで、立ち止まっちゃ、いられねえんだよ」

十蔵は四人の手下を振り向いた。

「さあ、おれたちゃ、帰《けえ》ろうぜ！」

「へい！」

四人は誇らしげに応えたが、その顔が「狐の旦那も甘《あめ》えぜ」と笑っていた。

四

大島稲荷神社の隠れ家を出た玉菊と覚禅は、大胆にも本所、深川の船宿を転々としていた。が、三百両と百両の賞金首という正体が露見しそうになって、この日は上野不忍池《しのばずのいけ》の出合茶屋《であいぢゃや》にいた。

覚禅が瓦版から目をあげて、嘲《あざけ》るように言った。

「米吉のやつ、どじな死に方をしやがったぜ。役人に囲まれて、鎧通を自分の心の臓に突き立てやがった」

「あら、どじかしら？」

玉菊が半裸で寝そべったまま反論する。投げ遣《や》りな口調だ。

「米吉さんらしいじゃない。こそこそ逃げまわっている、あたいらの方がみっともないよ。

ね、なんか面倒くさくなったから、あたいらもここらで死んじゃおうか？」

ぶるる！

覚禅が震えた。

「か、上方《かみがた》へ逃げようぜ！」

切羽詰まった声になる。

「そうすりゃ、こそこそしなくてすむ」

「ふん、路銀《ろぎん》はどうするのさ？　もうあんたの懐には、ここの払いもないんでしょう？」

玉菊が鼻で笑った。

「どうせ、あたいを道中の岡場所に売るつもりなんでしょうが、お生憎さま、あたいは男に食われるような女じゃないわ。

あたいは女郎蜘蛛よ。交尾した雄は食べてしまう。さあ、あたいのために、死んでお見せよ！」

「どうしろと……？」

「お金よ。そうね、三百両つくって。そうしたら、上方に行ってあげる。方法はあるわ」

「どんな？」

「三ノ輪《みのわ》に山田屋の寮がある。そこへ押し込んで、旦那に玉菊の使いの者だと言えば、三百両ぐらい、黙って出すわ」

「山田屋？」

「京町一丁目の山田屋彦兵衛《ひこべえ》よ。あたいがこうなったのも、彦兵衛が新之介の機嫌をとるために、あたいを羅生門河岸に落としたからなの。ぐずぐず言ったら、鎧通を見舞う、と脅しておやり！」

「吉原の亡八《ぼうはち》を強請《ゆす》れってえのか？」

「できないの？」

玉菊が蔑《さげす》むように言う。

「亡八なら遠慮はいらないでしょう。いやなら、ここでお別れね」

「や、やるよ」

「そう、じゃ、すぐやって。これから行けば、彦兵衛は寮にいるわ」

「明日じゃ、駄目か？」

覚禅が懇願するような目になった。

「勝手にしたら……」

玉菊が身支度をする。

「あたいが出て行くわ」

「わ、わかった。頼む、玉菊、ここに居てくれ。待っていてくれ。わしが三ノ輪に行ってくる。

なあに、こう見えてもこのわしは、強請《ゆす》りたかりで名を売った、女犯坊主の覚禅さまだ。亡八なんかに下手《へた》は売らねえ。首尾よく運んで三百両を懐に、中山道《なかせんどう》を京へ向かおうぜ」

覚禅は大言壮語を残して出合茶屋を飛び出して行った。

その後を、玉菊がこっそりと尾《つ》けた。臆病者の大言壮語ほど疑わしいものはないからだ。

案の定、覚禅は三ノ輪には向かわず、上野広小路の茶屋に入った。

〈ぺっ、くそ坊主、あたいを売る気ね〉

玉菊が唾を吐いて罵った。

〈あんたの魂胆なんか、みんな、お見通しさ。密告して、あたいがいなかったら、あんた、どうなるんだろうね。おお怖《こわ》！　あたいは、しらないよ〉

玉菊は酷薄な笑みを浮かべると、いずこともなく立ち去った。

覚禅は上野広小路の茶屋の奥に姿を隠し、ぶつぶつと声にならぬ呟きを漏らしていた。

〈亡八を強請るなんてとんでもねえ。それくらいなら玉菊の三百両首を売る。いや、それしかねえ。誰かに密告させて、三百両を折半にすればいい。誰かいるはずだ〉

覚禅は血走った目で広小路の賑わいを眺めた。

〈おっ、いたぞ！〉

覚禅の顔に喜色が浮かぶ。

〈あれは寺男《てらおとこ》くずれの捨松《すてまつ》だ！　博奕で身を持ち崩して『いろは茶屋』で下足番をしていた捨松だ。

こいつはしめたぞ。

小悪党だが腕っ節がからっきしの、たまには小遣いをやったこともある同い年の捨松なら、わしの言いなりになる〉

覚禅は茶屋を出ると、単衣《ひとえ》の着物にちびた下駄を履いて、脇目も振らずに上野山内に入って行く捨松を追った。

〈あのころから七、八年、まだ『いろは茶屋』にいるようだな〉

五重塔の手前で呼び止めた。

「捨松！」

覚禅は、手拭《てぬぐい》で頬被りをし、顔を隠していた。

「誰でえ？」

「わしだ」

「はて？　顔を見せなせえ」

覚禅は頬被りをとった。

「しばらくだな、捨松」

「げえっ、覚禅！」

驚くのも無理はない。隆禅の心の臓に鎧通を突き立てたのは、このすぐ先の路上だった。

「こ、殺さねえでくれ！　お願《ねげ》えだ」

捨松が青ざめた顔で手を合わせた。

「勘違いするな！」

覚禅が叱るように言った。

「誰がおまえを殺す。儲け話を持ってきた。一口乗るかい。おめえの取り分は百五十両だ」

「ひ、ひゃく、ごじゅう……」

捨松の顔から恐怖の色が消えた。

「や、やる！　何でもやるぜ。さ、言ってくれ！」

「玉菊の居場所を教える」

「た、玉菊って、あの三百両首の？」

「賞金は折半だ」

「えへへへ、それで百五十両か……」

捨松が納得顔になって、利いた風なことを言った。

「島抜けのお仲間を売るんですね。覚禅さんも八丈島に流されて、悪くおなりだ」

「捨松、いやなら、ほかにまわすぜ」

「と、とんでもねえ。あっしがやります。あっしにやらせておくんなせえ。で、玉菊はどこにいるんで？」

「その前に……」

と、覚禅が怖い目になった。

「捨松、裏切りは絶対に許さねえぜ。もしわしを裏切ったら、隆禅の二の舞になると、肝に銘じておくんだな」

「あっしが覚禅さんを裏切るって。へん、あっしにそんな度胸がねえことはご存じでしょう。あっしは百五十両で御《おん》の字ですよ。それより……」

と、捨松が周囲に目を走らせた。

「壁に耳あり障子に目ありだ。覚禅さんも百両首なんですぜ。この先にあっしの家がありやす。そこで吉報を待っちゃどうです?」

「おや、家とは穏やかじゃねえな。おめえ、所帯を持ったのかい?」

「えへへ、ちょっと違《ちげ》えやすが、女を三人、置いておりやす」

捨松が頭を掻き、もぐりの淫売宿の亭主の顔になった。

そうして連れて行かれた捨松の淫売宿は、造りは古いが小ぎれいな家だった。

「ほう、てえした出世だ」

「それでも十年、下足番をしやした」

三人の女郎もそこそこの若さと容姿を備えていて、玉菊がいた羅生門河岸よりも満足できそうだ。

「捨松、お世辞じゃなく、てえしたもんだぜ」

「まだこれからです」

捨松が笑い、真顔になった。

「これであっしが、逃げも隠れもできねえってことが、わかったでしょう。さ、玉菊はどこにいるんです」

「上野不忍池の蓮《はす》茶屋だ。早く行け！　勘のいい女だから、わしの帰りが遅いと怪しんで、逃げ出すかもしれんぞ」

「それじゃ、あっしが戻るまで……」

と捨松が腰を浮かせた。

「あっしの奢《おご》りで女と遊んでいてくだせえ」

「捨松、そいつはすまねえな」

覚禅が女犯坊主らしく、嬉しそうに答えた。


「でかしたぞ、捨松！」

雷門の勘市が驚喜し、三十人の手下《てか》を率いて出動した。

「覚禅は、おめえがおれの下っ引きだと、知らなかったのか？」

「へい、あっしが親分の下っ引きになったのは五年前、覚禅はその二、三年前に八丈島送りになっておりやす」

「それにしてもどじな野郎だぜ。鴨《かも》が葱《ねぎ》を背負《しょ》ってくるとはまさにこのことよ」

「前はもっと切れた男でしたが、島で惚《ぼ》けちまったんでしょう。あっしは調子を合わせながら、笑いをこらえるのに苦労しやした」

「おめえの手でふん縛って、目を覚まさせてやれ。捕り方は何人で足りる？」

「十人はいねえと、覚禅が暴れたら、手こずります」

「おめえを入れて五人だ。頭を使え。不意を襲って召し捕れば、五人でも多いくらいだ。わしの下っ引きを五年もやっていて、甘ったれたことを言ってんじゃねえぞ！」

「へい、わかりやした」

捨松は不承不承《ふしょうぶしょう》頷き、抜け目なく訊いた。

「ところで親分、懸賞金ですが、玉菊と覚禅で四百両になりやすが、親分とあっしで折半ってことになるんでしょうか？」

「おめえが召し捕るのは覚禅だけだ。賞金の百両をもらったら、手伝った四人に十両ずつやりな。それでも六十両が手元に残る。濡れ手で粟《あわ》のぼろ儲けじゃねえか」

「しかし、玉菊の居場所を……」

　と言いかけると、雷門の勘市が、じろっと睨んだ。

「捨松、もぐりの商売をこれからも続けてえんなら、欲はかきすぎねえことだ。わしが言っていることの意味はわかるな？」

「へい……」

　捨松は唇を噛む。が、逆らえない。逆らったら最後、強欲で陰険な二股膏薬の親分に、何をされるかわからなかった。

　捨松は従順な顔で、棍棒を持った手下を四人選ぶと、不忍池に向かう一行と別れて、谷中の五重塔を目指した。

「いいか、おれが覚禅を外へ呼び出す。おめえら、後ろから飛びかかって、その棍棒で叩きのめせ。手加減はいらねえぜ。が、殺しちゃ拙《まず》い。頭は叩くな。とにかく覚禅をふん縛れ。そうすりゃ、十両の手間《てま》をやる！」

　捨松が一端《いっぱし》の兄貴分気取りで四人の手下に発破《はっぱ》をかけた。

「こいつは滅多にねえ大盤振舞いだぜ。おめえら、抜かるんじゃねえぞ」

「へい、捨松兄い、お任せを！」

　三人の女郎を相手に酒を呑んでいた覚禅は、上首尾だという捨松の声に誘われ外に出て、棍棒で滅多打ちにされた。

「おのれ、捨松、裏切りおったな！」

ぐるぐる巻きに縛られ、血塗《ちまみ》れで地面に転がされた覚禅が、悲痛な声で叫んだ。

「あっしゃ、裏切ったんじゃござんせんぜ……」

捨松が覚禅の顔を上から覗き込み、勝ち誇ったように言った。

「あっしは五年前から雷門の勘市親分の下っ引きになっていたんです。そうとも知らずに声をかけてきた、覚禅さん、あんたが盆暗《ぼんくら》だったんですよ。

へへへ、あっしはお上の御用を果たしただけで、それを裏切り者呼ばわりされたんじゃ、立つ瀬がござんせん。覚禅さん、わかっていただけやすね」

「お、おめえが、雷門の勘市の下っ引きとは、お釈迦《しゃか》さまでもご存じあるめえってやつよ。くくく、まったくだ、おめえの言うとおりで、おれが盆暗だった。すっかり焼きがまわっちまったようだぜ」

力なく言って目を閉じ、覚禅が何か呟いた。

「何だ？」

「もう玉菊は捕えたのか？」

「いまごろ、勘市親分がふん縛っているはずだ。悔しいが、おれたちで折半にする約束だった玉菊の三百両は、親分に独り占めにされてしまった」

　覚禅が嘲笑し、また何か呟いた。

「何だ？」

　捨松が顔を寄せた。

「がおうーっ！」

　突然、覚禅が虎のように吠え、捨松の喉笛に咬みついてきた。

「ぎゃあーっ！」

　捨松が絶叫をあげて仰け反った。

「がおうーっ！」

　覚禅が再度吠え、ぐるぐる巻きにされた体をものともせずに、両肩で捨松の体を押えつけて、喉笛深く咬みつき直した。

「うぐーっ！」

　捨松の絶叫が弱々しくなっていく。

「この野郎！」

　手下が突棒を覚禅の頭に振りおろした。

「な、何てことをしやあがる！」

「引き離せ！」

「こ、こいつめ！」

「す、捨松兄いが死んじゃうぜ！」

四人の手下が口々に叫んで、棍棒を振りおろした。が、石榴《ざくろ》のように頭が割れても、覚禅の歯は捨松の喉笛を、しっかりと咬んで離そうとしなかった。

「ひえーっ！」

四人の手下が悲鳴をあげた。

「二人とも、もう息をしてねえ！」


不忍池に向かった雷門の勘市は、勇躍踏み込んだ蓮茶屋で、玉菊らしい女がとっくに出ていったことを知った。

見事な空振りだ。落胆し、怒り狂った。

「捨松め！　わしにすかをを摑ませやがって。許さねえぞ。とっちめてやる。ここへ連れて来い！」

「そ、それが……、捨松は覚禅に咬み殺されやした」

「咬み殺されただと？　何だそりゃあ。そ、それで、覚禅を逃がしたのか？」

「いいえ、覚禅は叩っ殺しやした！」

「な、何だあ、殺しただと！　ば、莫迦野郎！」

雷門の勘市が激昂《げっこう》してわめき散らした。

「せっかく捕えた覚禅を殺しちまったら、彫常の居場所や玉菊の行き先を吐かすことができねえじゃねえか！

こ、こんなへまばかりをやらかしていたら、わしが狩場の旦那に叩っ斬られてしまうわ。てめえら、わしを殺してえのか！

ええい、玉菊はまだこの近くにいるはずだ。草の根分けても探し出せ。わかったな。見つけるまで帰《けえ》ってくるんじゃねえぞ！」

「へい！」

手下が這々《ほうほう》の体《てい》で散って行った。

第六章　不動明王《ふどうみようおう》

一

狐崎十蔵は、大川橋の上にいた。
川風が爽やかだ。
だが十蔵は屈託《くつたく》した顔つきだ。
どうにも腑に落ちぬことがあった。
〈なぜ彫常は動かぬ……？〉
大島《おおじま》稲荷神社近くの隠れ家を出た後の彫常の動向が、まったく摑めなくなっていた。

その間に従兄弟の彫政と湯船屋の源次が死に、島抜け仲間の米吉と覚禅も死んで、玉菊は追われている。が、そのどれにも彫常と喜八が関わった気配がなかった。

知らぬ顔の半兵衛を決め込んでいた。

八丈島を抜けてきた五人は、一蓮托生《いちれんたくしょう》を誓い合ったのではなかったのか。

いま十蔵が立っている大川橋で、黄八丈を着た玉菊が、新之介の心の臓に鎧通を突き立てたときに見せた、五人の強固な連携は崩れてしまったのか。

たぶん、そうだ。が、彫常はたとえ一人になっても、仲間の窮地を見過ごせる男とは思えなかった。

病気か、怪我か、あるいは死んだのか……。

それなら動かぬことの説明はつく。が、釈然としなかった。

〈策ではないか……？〉

ふと思った。

〈彫常はよく仲間の死を利用した〉

八丈島を抜けたときも、仲間の二人の死体を島に漂着させて、船の転覆を装った。

この橋で山崎屋の新之介を殺したときも、大川に飛び込んだ玉菊が黄八丈を脱ぎ捨て、溺れ死んだように装った。

今度も彫常は、米吉と覚禅の死を利用して、何かを装っているのではないか。

〈ふん、食えぬ悪党よ！　死んだふりをしてやがる〉

ようやく腑に落ちた顔になった。

〈山崎屋藤介を油断させ、鎧通を心の臓に突き立てるつもりだ〉

十蔵は橋を渡ると、浅草広小路の雷門の前から駒形、蔵前の方へ向かった。

蔵前の札差、山崎屋周辺の警戒は厳重を極めていた。

〈彫常、見てみねえ……〉

十蔵が胸中で訊いた。

〈これじゃ、山崎屋藤介を殺《や》るどころか、店に近づくことさえ難しいぜ。さあ、どうする？〉

北町の筆頭与力、狩場惣一郎が指揮を執り、二股膏薬の雷門の勘市が、三十人の捕り方と、十人の用心棒の浪人を従えて、寝ずの番をしていた。

加えて、厄介な賞金稼ぎがいた。

賞金稼ぎは一時ほどの人数ではないが、それでもまだ四、五十人の飢えた狼のような目が、駒形堂から蔵前の一帯で光っていた。

その目が彫常と玉菊の三百両首、喜八の百両首を見逃すはずもなく、見つけたら壮絶な首の奪い合いになることは目に見えている。

「狐の穴」も手を拱《こまね》いてはいなかった。

伊佐治、猪吉、鹿蔵、蝶次が姿を変えて見張っていた。

〈彫常、死んだふりをしたくらいじゃ……〉

と、再度、訊いた。

〈この網は突破できねえぜ。そのうち、そっちが先に捕まる。どうでえ、ここらでおれが引導を渡してやろう。名乗り出てみねえ。楽になるぜ〉

そのとき、一陣の風が吹き、砂塵《さじん》を巻きあげた。

〈あっしらは幽霊です……〉

十蔵の心の耳に、彫常の声が聞こえてきた。

〈一度死んだ人間です〉

落ち着いた声だった。

〈幽霊は、出たいときに、出たい場所に、恨めしやと化けて出ることができます。

いひひひ、近々、参上！　お楽しみのほどを……〉

声が消えた。

「彫常、待て！」

思わず、声に出して叫んだ。その場所が悪かった。雷門の勘市の見張所の前だった。

「彫常だと？」

「で、出合え！」

「彫常が襲って来たぞ！」

口々に叫ぶ声が聞こえ、見張所から血相を変えた捕り方や、押《お》っ取《と》り刀の用心棒が飛び出して来た。

その数、三十人余り。それぞれの得物《えもの》を手に殺気立っていた。

「どこだ！　彫常はどこにおる！　彫常を逃がすな！　召し捕れ！　賞金稼ぎの手に渡すな！」

それを聞いた賞金稼ぎが、雄叫《おたけ》びをあげて殺到してきた。

「わおーう！　山崎屋に彫常が現れたぞ！」

「三百両首が現れたぞ！」

「彫常を役人に渡すな！」

十蔵は心底魂消《たまげ》た。欲と欲とがぶつかり合う寸前だった。

〈このままぶつかったら人が死ぬ……〉

茫然となった。

〈そうなりゃ、おれは切腹ものだ！〉

十蔵が洩らした言葉が招いた騒動だ。

賞金稼ぎの数がまたたくまに四、五十人に膨らんだ。見張所を遠巻きにして、傍若無人に喋っていた。

「彫常はどこだ？　どこにいるんだ？　見張所の中か？　みんな、突っ込もうぜ！」

そのとき、雷門の勘市が奥から出てきて、顔を真っ赤にして怒鳴った。

「何をしておる、そいつらを追っ払え！」

声を荒げていて、十蔵に気づいた。

「げっ、狐！」

驚愕の表情になった。

「こ、狐崎さま、まさかとは思いやしたが、山崎屋に賞金稼ぎを追い込むってえのは本気だったんですね！」

「そりゃ、違うぜ」

十蔵は弁解しようとした。が、雷門の勘市は聞く耳を持たない。

「野郎ども、油断するな！」

捕り方と用心棒に向かって再び叫んだ。

「賞金稼ぎの中に彫常の一味が混じっている！　いいか、一人も店の中に入れるんじゃねえぞ！　こいつらは山崎屋の旦那の命を狙う悪党の一味ってことだ！　構わねえから、皆殺しにしてしまえ！　先生方、頼みますぜ」

「おう！」

用心棒の浪人が一斉に大刀を抜き、手下も長脇差を抜いた。

「でたらめ抜かすな！」

賞金稼ぎの浪人が怒鳴った。

「わしらがどうして山崎屋を殺す。そんなことをしたら、誰が懸賞金を払ってくれるんだ！」

「おめえら屑《くず》のやることだ。どうせ押し込みに居直ることとだろうよ」

雷門の勘市が憎々しげに言った。勘市には思惑があった。騒ぎを大きくし、賞金稼ぎを追い込んだとして、十蔵の責任を追及するつもりだ。

「お、おのれ、言わせておけば……」

賞金稼ぎの浪人が、大刀を抜き放って叫んだ。

「一刀流、長坂壮助《ながさかそうすけ》、きさまの首を刎ね飛ばす！」

まさに一触即発《いっしょくそくはつ》となった。

ふと見ると、筆頭与力の狩場惣一郎と、蔵前の札差山崎屋藤介が、薄笑いを浮かべて、こっちを見ていた。

〈ちっ、高みの見物かい。それならもっと面白くしてやるぜ〉

十蔵の目の奥で狐火が揺らいだ。

刀を抜いて、賞金稼ぎの前に躍り出ると、大音声で名乗った。

「おれは北町奉行所与力、狐崎十蔵だ！」

賞金稼ぎの足が止まった。

「彫常は逃げた！」

嘘も方便と思う。

「ここにはいない！」

すると、人混みの後方で、別の声がした。

「彫常だ！　こっちへ来たぞ！」

伊佐治の機転だった。賞金稼ぎが振り向く。早くも駆け出す者がいた。

「こっちだ、こっちだ！」

猪吉の声がした。

「逃がすな！　三百両だ！」

鹿蔵も大声で叫んでいた。

「あ、あそこだ。駒形堂の後ろへ逃げたぞ。捕まえろ！」

蝶次の声に、賞金稼ぎの大半が、駒形堂に向かって走った。

一刀流の長坂壮助も、一瞬、雷門の勘市を見て思案のそぶりを見せたが、すぐに踵《きびす》を返して仲間の後を追った。

取り残された恰好の雷門の勘市と三十人余りの手下が、見張所の前で右往左往していた。

「ええい！　何をしておる」

狩場惣一郎が無念の形相で十蔵を指差した。

「彫常の一味のそやつを召し捕れ！　手に余れば、斬り捨ててもよいぞ！　あとは何とでもなるわい！」

飼い犬の雷門の勘市が、それに応えるように憎々しげに言い放った。

「そいつは彫常の一味だ！　構わねえ！　押し包んで叩っ斬ってしまえ！」

十蔵は馬庭念流《まにわねんりゅう》の八双《はっそう》の構えになるや、雷門の勘市をはったと睨んだ。

「おれは北町奉行所与力狐崎十蔵だ！　下郎の分際で何たる雑言《ぞうごん》！　成敗してくれよう！」

じりっと間合いを詰めていく。

「上等でえ！」

雷門の勘市が後退り、震える声で見得を切った。

「さあ、成敗してもらおうじゃねえか！　斬れるものなら、斬ってみやあがれ！」

多勢を恃《たの》んだ強がりだった。相手は十蔵一人という侮《あなど》りもあった。

「よい覚悟だ」

十蔵が、にやりと笑う。

雷門の勘市の心の臓が、きゅうっと縮む。

「きええーっ！」

裂帛《れっぱく》の気合いが空気を裂き、十蔵の刀刃《とうじん》が一閃した。

ばさっ！

音を立て、雷門の勘市の髷《まげ》が落ちた。

「ひ、ひえーっ！」

雷門の勘市が腰を抜かし、ざんばら髪の頭を抱えて失禁した。

いつの間にか、棍棒を手にした伊佐治、猪吉、鹿蔵、蝶次が、十蔵の背を守る位置に立っていた。

十蔵は、青ざめた表情の狩場惣一郎を見た。山崎屋藤介を顎で差し、冷ややかに言い放った。

「そこの札差の命を守ってやりたきゃ、伝馬町《てんまちょう》の牢へ入れてやりな。あそこへ入る資格なら、そいつは釣りがくるぐれえ、沢山《たくさん》持っているはずだ」

「こ、殺せ！」

山崎屋藤介が激怒した。

「そいつを殺せ！　千両だ！　八丁堀の狐を殺したら、千両やる！　誰か、そいつを殺してくれ！」

その声を聞き流し、十蔵は手下を連れて引きあげた。

〈ついにおれも千両首になったか……〉

苦笑を漏らし、千両が万両になるまで、悪党どもに憎まれてやると、心中で嘯《うそぶ》いた。

二

佃島の葦の茂みに、船饅頭《ふなまんじゆう》と見紛《みまが》う屋根船が一艘、ひっそりと停泊していた。

ぴちゃ、ぴちゃと、船縁《ふなべり》を打つ水音に混じって、ぷち、ぷち、ぷちと、皮膚を弾く、軽妙な音が聞こえる。

喜八の背に刺青を彫る、彫常の針の音だった。

ぷち、ぷち、ぷち。

長閑《のどか》な音だ。

ぴーひょろ！

空で鳶《とんび》が鳴いた。

「終わったぜ」

彫常が、墨を含ませた筆と針の束を置いた。

筋彫りの完成だ。

喜八の背に彫られた、結跏趺坐《けっかふざ》して、右手に宝剣、左手に縄を持った不動明王が、青い筋彫りだけだが雄々しく息吹いていた。

「喜八、色は諦めてくれ」

彫常が、ぼそぼそっと言った。

「それまで待ってくれそうもねえ」

二人は断片的にだが、米吉の死も、覚禅の死も、流れてくる風評で知っていた。が、何よりも喜八の刺青を優先させた。

しばらくして、喜八が船を漕ぎ出した。

「大丈夫か?」

刺青を彫った直後は高熱を発する。

「平気です」

喜八は巧みな櫓捌《ろさば》きで、対岸の大島川《おおじまがわ》河口の葦原に船を移した。ここは船饅頭の名所だった。

小柄な彫常が、簡単な変装をして陸《おか》にあがり、食料の買い出しと数種の瓦版を手に入れてきた。

二人は瓦版を貪《むさぼ》るように読んで、米吉と覚禅の死の概要を知ることができた。

「南無阿弥陀仏……」

影常は長い間、苦渋の表情で西の空に向かって掌を合わせていたが、やがて吹っ切れたような明るい顔になった。

「米吉は太吉の幸せだけを願って、鎧通をおのが心の臓に突き立てた。なかなかできねえぜ、この真似は！

これまで覚禅が、喜八が、玉菊が、許せぬ恨みを晴らすため、隆禅と、茂兵衛と、新之介の胸に鎧通を突き立てた。が、米吉もそれらに勝るとも劣らぬ見事さよ！」

「米吉らしい、考えに考えた末の決断だったんでしょう。それでも正吉を許すのは辛かったでしょうね」

喜八はしんみりと言った。次いで覚禅の最期の様子を知って苦笑を洩らした。

「こっちも破戒坊主の覚禅らしく、下っ引きを咬み殺して、頭を石榴にされたってんだから、凄まじい。その朝まで覚禅と玉菊は一緒だったんですね」

「その玉菊を覚禅は売ろうとした」

影常が憮然とした表情になった。

「ところが、覚禅が組んだ捨松という小悪党が、雷門の勘市の下っ引きだった。覚禅も運がねえやな。捕まって、捨松を咬み殺し、寄って集《たか》って撲殺された。

むろん、勘のいい玉菊のことだ。すぐに覚禅の裏切りを察知し、雷門の勘市が捕り手を率いて踏み込んだときには、雲を霞《かすみ》と逃げ去った後だったという」

「玉菊はどこにいるんでしょう。無事でしょうか？」

「玉菊は三百両首だ。何かあれば瓦版が騒ぐ。が、まだ死んだとも、捕まったとも、聞かない」

「ちゃんと食べているでしょうか。玉菊は一人では何もできない女ですよ。食事の支度をするくらいなら、一日どころか、二日でも、三日でも食べずにいるって女です」

「ふふふ、島に流されてきたときがそうだった。

何もしようとせず、ただぼけっと海を眺めているだけだった。

そんな生意気な流人に手を貸す者もなく、そのうち、立つことも座っていることもできなくなって、一日中、土間に敷いた莚に横たわっているようになった。

そのうち、蠅《はえ》がたかるようになって、よく持って二日、早ければ半日の命となったとき、島役人がわしのところへやって来た。

『助けてやれ』

『あの女は、淫売しかできませんぜ』

『目を瞑《つむ》ろう』

いい島役人だった。

わしは玉菊に訊いた。

『何か得意はあろう』

『あたいは……』

胸を張った。

『男を悦ばすことができる』

『そうか……』

わしは玉菊を抱き起こした。

『ここで見世を張れ。わしが最初の客になろう』

玉菊はにっこり笑って、おかゆを食べ、五日目にわしを最初の客にした」

「その話は玉菊からも聞きました……。あのときは太夫になったような誇らしげな気分だったと、とても嬉しそうに話してくれました。

玉菊はまたどこかに横たわって、おれたちの助けを待っているんじゃねえでしょうか」

「そうかもしれねえな……。その場所、どこだと思う」

彫常が訊く。見当がつかぬ様子だ。喜八が考えながら応えた。

「おれたちが隠れていそうな場所か、これから現れそうな場所ってことになるでしょう。たとえば……」

「どこだ？」

「蔵前の山崎屋の周辺なんかは、彫常親分が必ず姿を現す場所と思うんじゃねえでしょうか」

「と、とんでもねえ！」

彫常が首を横に振った。

「三百両首の玉菊があんなところへ行ったら、たちまち賞金稼ぎの餌食になってしまう。それくらいは玉菊にもわかっているはずだ」

「そうですね。となると、あとはあれくらいかな。隠れ家を出るとき、集合時間と場所を、夜四つに富岡八幡宮の鳥居と決めたでしょう」

彫常が、うん、うんと頷いた。

「集まったのは喜八とわしだけだった。が、一人になった玉菊が、遅ればせながらやって来たというのか？」

「ありませんか、そういうこと？」

「玉菊ならやるな。鳥居はすぐそこだ。ちょっと見てこよう」

彫常が腰を浮かせた。が、喜八が首を横に振った。

「何が起きるかわかりません。四つまで待って、一緒に行きましょう」

「そうするか……、玉菊の匂いがしてきた。きっと近くにいるぞ」

彫常が富岡八幡宮の方を眺めて憑かれたように言った。


玉菊は近くにいた。

二人の屋根船から一町（約百メートル）と離れていない土手の掘っ立て小屋にいた。

長い間放置されて屋根が半分破れた掘っ立て小屋は、玉菊が八丈島に流されて最初に住んだ流人小屋を思い出させた。

あのときは死のうと思った。

食を断ち、死が間近になったとき、彫常に助けられた。いつだって困ったら、彫常が助けてくれた。今度だって、きっと助けてくれる。

玉菊は筵に寝て、破れた天井の向こうに煌《きら》めく星を眺めた。

〈あたいはここにいる！〉

念仏のように心で唱えた。

〈あたいはここにいるのよ。早く来て！〉

もう何度唱えたかわからなかった。

玉菊は不忍池の出合茶屋を出た後、深川の富岡八幡宮に来た。

夜四つに八幡さまの鳥居で待てば彫常に会えると思った。が、彫常には会えず、若い男に襲われた。

玉菊は抵抗せず、男の好きにさせた。

男は欲望を遂げると、律儀に二十四文置いて去った。

二十四文は夜鷹の値段だ。夜鷹の看板をあげぬ前から客が来たようなものだ。

淫売は玉菊の天職だった。

どんな場合も手を抜かず、男を悦ばせる。そうしているうち、たちまちその界隈で人気の夜鷹になった。

やがて、鳥居下に木場職人の行列ができ、順番を待つ男たちが、てんでに大声でおだをあげはじめた。

「ここの夜鷹は掃き溜めに鶴だぜ！」

「それどころか天女だ！　弁天さまだ！　観音さまだ！」

「吉原の太夫だったそうだ！」

「ところがどっこい、女郎蜘蛛の刺青をしているぜ！」

「三百両首の玉菊だったりして！」

「あははは、まさか！」

それを聞いた玉菊は鳥居下を逃げて、この小屋を見つけ、土手で客を拾った。

が、ここでも評判になりかけていた。

「いいかい？」

客が来た。

「どうぞ」

にっこり笑う。

「桜餅を食べるかい？」

「わあっ、嬉しい！」

玉菊は、客の土産を手放しで喜ぶ。抱きついた。

「ありがとう！」

玉菊の食事は、すべて客の土産で賄《まかな》った。

屋台の寿司、蕎麦《そば》、鰻《うなぎ》、おにぎり、餅、饅頭、和菓子、煎餅《せんべい》と土産の種類は豊富だった。

町木戸が閉まる四つの鐘が鳴る前に八人の客が来た。

〈あたいはもうぼろぼろ……〉

荒々しい客の愛撫に応え続けた肉体は、くたくたに疲れ果てて半身になるのも億劫《おっくう》だった。

頭がぼおっとし、全身が熱っぽく、食欲もなく、小屋の隅に客の土産の桜餅、鰻、饅頭が、持ってきたままの姿で置いてあった。

「みんな、ありがとう」

玉菊が気怠《けだる》く口にした。

「でも、今夜で見世じまい。さようなら」

よろっと起きて、小屋を出た。その姿は儚《はかな》げだ。月明かりの土手道を、薄い影を引きずって歩いた。

〈もういいわ〉

夜空を仰ぐ。もう充分にやった。

〈ぐっすり眠りたい〉
玉菊は無意識の裡《うち》に、再び富岡八幡宮に来ていた。
高く天を突く大鳥居を見あげ、胸が張り裂けんばかりに叫んだ。
〈あたいはここにいる！〉
涙が溢れた。
〈どうして誰も来ないの！〉
「お玉！」
彫常の声がした。
〈空耳だ！〉
玉菊は、きつく目を閉じ、いやいやをするように首を振った。
「玉菊！」
喜八の声がして、背後に人の立つ気配がした。
〈空耳ではない！〉
玉菊は後ろを振り向き、涙でかすむ目を見開いた。
二人がいた。
「何をしていたのよ！」

玉菊は怒ったように叫んで、彫常の胸に飛び込んだ。

三

隠し番屋「狐の穴」は、十蔵が千両首になって、臨戦態勢に入った。

十蔵の出で立ちは狐色の陣笠、火事羽織、野袴、草鞋履きに、三尺五寸の大十手。伊佐治、猪吉、鹿蔵、蝶次の手下四人は、狐色の半纏、股引、草鞋履きに樫の棍棒と、一際目立つ出動姿で行動していた。

四つ（午後十時）になって五人が見廻りから戻ると、お吉が十蔵と同じ火事羽織を着て待っていた。

「どうした、お吉？」

「参りましょう……」

お吉が張り切っていた。

「富岡八幡宮へ！」

「何があった？」

「そこで手配書の玉菊が夜鷹をやっているわ。人気があって行列ができているそうよ」

　十蔵と伊佐治が顔を見合わす。その噂を小耳に挟んだばかりだった。

「誰から聞いた？」

「千歳《ちとせ》の女将《おかみ》よ……」

「千歳」は土橋にある女郎屋だ。そこの女将が顧客《こきゃく》に配るという「長命丸」を、月に一度「四つ目屋」に買いに来ていた。

「女将の話では、千歳の顧客の一人が富岡八幡宮の鳥居下で、行列に並んで夜鷹を買ったそうなの。その夜鷹は二十二、三の滅法床上手《とこじょうず》な女で、背中に女郎蜘蛛の刺青があって、左上腕に巻いた包帯の下は遠島の印《しるし》の入墨だろうって。……玉菊でしょう？」

「お吉、でかした！」

　十蔵が言って、火事羽織を裏返す。黒衣だ。伊佐治たちも半纏を裏返した。

「よしっ、深川八幡へ出動だ！」

「おう！」

　四人が応えた。

「鹿蔵、お前は三角に知らせろ」

「へい！」

鹿蔵は「狐の穴」きっての韋駄天《いだてん》だった。

「わっちは？」

お吉が訊く。

「留守を頼む！」

お吉が何かわめいたが、耳をふさいだ。

両国橋を渡り、大川の東岸の闇《くら》がりを、ひたひたと走った。

竪川《たてかわ》の一ッ目橋、小名木川の万年橋、仙台堀の上之橋を渡った。

四つ半（午後十一時）ごろ、富岡八幡宮の鳥居下に着いた。すでに鹿蔵は狸穴三角に知らせてから到着していた。

「玉菊を見つけたら、呼子《よびこ》を吹け！」

十蔵は鳥居の下に残り、手下の四人が探索に散った。

〈わからねえな……〉

周囲を見渡した。

〈どうしてここなんだ？〉

上野不忍池の蓮茶屋から逃げた玉菊は、深川八幡まで来て、夜鷹になった。何か理由があるはずだ。が、それがわからなかった。
〈捕えて訊くしかないか……〉
四半刻（三十分）が過ぎた。
呼子は鳴らない。
十蔵は待った。
参道脇の闇が揺らぎ、人が姿を現した。
剣呑《けんのん》な雰囲気の三人の浪人だ。
見た顔があった。
聖天下の裏長屋で正吉を斬った、賞金稼ぎの髭面の偉丈夫がいた。
あとの二人は見覚えがない。が、かなり遣《つか》えそうな身ごなしだった。
どうやら十蔵を襲うつもりのようだ。
〈下手な狐狩りだぜ……〉
わざわざ姿を現すようでは狐狩りにならなかった。
三人は十蔵を囲むようにして足を止めた。両手はまだだらりと垂らしたままだ。
十蔵は鳥居を背にして立ち、三尺五寸の大十手を肩に担いだ。

「何のつもりだい？」

十蔵は訊いた。

「玉菊を捕えそこなった」

髭面の偉丈夫が、言い訳をするような口調で応えた。

「わしらもほんの一足違いで、三百両を逃がしてしまった。いや、彫常と喜八も姿を現したようだから、三人を捕えていれば七百両になった。が、逃げられてしまって、わしらは文無しだ。

そこで背に腹は替えられぬと、おぬしを斬ることにした。悪く思わんでくれ。わしは……」

髭面の偉丈夫が、姓名を名乗った。

「岩田庄左衛門《いわたしょうざえもん》と申す！」

「拙者は柳沢兵衛《やなぎさわひょうえ》！」

「わしは望月一平太《もちづきいっぺいた》！」

と、他の二人も名乗った。律儀な人斬り浪人だ。

「おれは狐崎十蔵だ。おれを斬るのはおめえらの勝手だが、町方与力を斬っても、いいことは何もねえと思うがな」

「それがあるのよ！」

岩田庄左衛門が、太太しく言った。

「山崎屋藤介の使いと申す、でぶっちょの岡っ引きが、わしら三人にあんたを斬ったら千両払うと言った」

でぶっちょの岡っ引きとは、雷門の勘市のことだ。山崎屋藤介は本気で十蔵を千両首にする気のようだ。

むらっと山崎屋藤介に対する怒りが込みあげてきた。

それならこっちも本気になって、走狗《そうく》となった賞金稼ぎの三人をふん縛《じば》ってやろう。

「おぬしも、ついに殺し人になってしまったか？」

十蔵が髭面の庄左衛門を痛烈に責めた。

「賞金稼ぎは、手配中の悪党を斬る。これはまだ許せる。が、人斬りは、金さえもらえば善悪の区別なく人を斬る。もはやこれは人間のすることじゃねえぜ」

髭面の庄左衛門が顔を真っ赤にして刀の柄に手をやった。

「だから背に腹は替えられぬと言ったはずだ。元はと言えば、貴様が悪い。わしらの邪魔をして、わしらを飢えさせた。わしら三人はこの千両で立ち直る。これ一度きりよ。金をもらって人を斬るのは……」

庄左衛門がすらりと刀を抜いた。

柳沢兵衛と望月一平太も刀を抜いて腰を沈めた。

二人とも隙《すき》のない落ち着いた構えだ。おそらく一度や二度は人を斬ったことがあるのだろう。

「抜け！　狐崎十蔵、待ってやる！」

十蔵の正面に立って、青眼に構えた庄左衛門が言った。

三人の中で庄左衛門の剣が一番劣っているようだが、髭面の張ったりで、一番強そうに見せていた。

「ふふふ、町方は斬らずに捕えるのがご定法《じょうほう》！　滅多に刀は抜かぬものよ」

十蔵は張りのある声で応え、数歩後退《あとじさ》って呼子を咥《くわ》えた。

「ぴぴーいっ！」

夜空に向けて高らかに吹いた。

「お、おのれ！」

正面の庄左衛門が動揺した。

「だあっ！」

ぶん、と刃音を立てた豪剣を、十蔵の頭上に浴びせてきた。

「きえーっ！」

十蔵は十手で迎え撃った。

ぱっと火花が散った。

キイーン！　音が響く。焼けた鋼《はがね》が匂い、庄左衛門の刀が折れた。

「くそっ！」

庄左衛門が棒立ちになった。足を払って、転がした。

「しえーっ！」

柳沢兵衛は横に薙《な》ぐ剣だ。胴を薙ぎ、空を斬ると、すかさず首を薙いできた。

「きえーっ！」

十手を車にまわし、顔の前で刀を叩いた。

火花が散って、柳沢の刀が折れた。

十手で鳩尾《みぞおち》を突き、柳沢兵衛を倒した。

「千両首、もらったーっ！」

大音声で叫んだ望月一平太が、鋭い斬撃を浴びせてきた。

十蔵は跳び退《の》く。が、十手を振る間もなく、二の太刀を浴びせられた。思ったとおりの凄腕だ。

　ばさっ！

　火事羽織の裾を縦に裂かれた。

「やるな！」

　思わず、声に出した。十手を捨て、刀を抜いた。

「滅多に刀は抜かぬが……」

　十蔵が望月一平太を見て言った。

「抜いたからには必ず斬る」

「しゃらくせえ！」

　一平太が八双に構えて吠えた。

「大人しく、千両首をよこしゃがれ！」

　十蔵も馬庭念流の八双の構えだ。

　睨み合った。双方、微動だにしない。動いたときが、勝敗が決するときだった。

　呼子に応じて駆けつけた、伊佐治、猪吉、鹿蔵、蝶次が、固唾《かたず》を呑んで見守った。

「でやーっ！」

一平太が先に動く。が、同時に十蔵も動いた。

「きえぇーっ！」

十蔵は裂帛の気合いを発して、きらっと剣を一閃《いっせん》させた。それは夜空を流れる流星のような迅《はや》い剣だった。

一方、望月一平太の剣の迅さは、すうっと夜空を飛ぶ螢《ほたる》のようなものだった。

勝敗は一瞬にして決した。

十蔵の剣が、望月一平太の脳天から股まで、肌に触れることなく一直線に走って、着ている物を両断した。

帯はおろか褌《ふんどし》の紐まで、見事に左右に分けてしまったが、肌には一点の血も滲ませなかった。

望月一平太は、何が起きたかわからぬ、きょとんとした顔で、棒のように突っ立っていた。

十蔵は十手を拾いあげると、四人の手下を振り向いて、さっと振った。

「この三人の浪人に縄を打てい！」

「へい！」

伊佐治、猪吉、鹿蔵、蝶次が、賞金稼ぎの浪人、岩田庄左衛門、柳沢兵衛、望月一平太を縛りあげた。

そこへ、御用提灯を先頭に、捕り方三十人を引き連れた、隠密同心の狸穴三角が到着した。

「狐崎さま……」

三角が、十蔵を物蔭に引っ張って、せっかちに訊く。

「夜鷹は玉菊でしたか？」

「間違いないようだ。が、一足違いで逃げられた」

「さようで。それは惜しいことをしましたな。あそこの縛った浪人は何者ですか？」

「山崎屋藤介に千両でおれを殺せと頼まれた人斬りだ。この三人を生き証人にすれば、殺しを唆《そそのか》した罪で山崎屋を闕所《けっしょ》にして、藤介を島流しにできる。

そうなりゃ、山崎屋にこの先何年分もの米を担保に借金をしている、旗本や御家人が大喜びをするだろうぜ」

「驕《おご》れる者久しからずで、山崎屋藤介もいよいよお終《しま》いのようですな。まだ彫常も恨みを晴らす機会を狙っているんでしょうか？」

「ああ、八丈島から島抜けをしてまで晴らそうとしている恨みだ。そう簡単には諦めないだろう」

「彫常はどこにいるんでしょう？」

「今夜、ここに彫常と喜八が姿を現した。そして玉菊を連れ去った。そんな芸当《げいとう》は船がなきゃできない」

「船ですか？」

「おそらく屋根船だ。船頭は喜八がいる」

「気がつかなかった」

三角が口惜しそうだ。

「さっそく、船を探し出しましょう。なあに、そうとわかりゃ、手間はかかりません」

「ま、とにかく彫常が動いた……」

十蔵が、屈託のない声になった。

「動いてくれれば、召し捕れる機会も生じる。おれの勘じゃ、彫常は明日にも山崎屋藤介を襲いそうな気がする」

「ところが、山崎屋藤介は用心をして、滅多に外に出かけませんぜ。

たまに出かけることがあっても、屈強な十人の用心棒が、ぴったりと取り囲んでおります」

「それなら、屋敷を襲う」

「待ち伏せられ、飛んで火に入る夏の虫になるでしょう」

「いや、彫常は山崎屋藤介の心の臓に鎧通を突き立てるだろう。彫常たちが一度死んだ幽霊だってことを忘れたのかい。幽霊なら、何だってできるさ」

「ははは、狐崎さまは……」

と三角が笑った。

「まるで彫常の味方のようだ」

すると十蔵が、目の奥で青い狐火をゆらりと揺らした。

「おれは心情的には彫常の味方だぜ。いけねえかい？」

四

朝靄《あさもや》のなか、鯔背《いなせ》な船頭姿の喜八が漕ぐ屋根船が、ゆっくりと大川を遡《さかのぼ》っていく。

怪しまれないために、屋形の側面を覆っていた障子を取り払った胴の間に、商家の隠居と女中の装いをした、彫常と玉菊が悠然と座って、何やら楽しげに話をしていた。

両国橋を過ぎると、やがて左手一帯が浅草御米蔵《おこめぐら》になった。

「お玉、あれが『首尾《しゅび》の松』だよ」

彫常が、四番堀と五番堀の間に見える一本の松を指差す。山谷堀から吉原帰りの遊客がここに船をつないで、遊女との首尾を話したという松だ。

「今夜、わしと喜八はここから忍び込む。山崎屋藤介もまさか御米蔵側から襲って来るとは思わぬから、店の裏側の警戒は手薄になっているだろう。そこでわしは驚く山崎屋藤介の心の臓に鎧通を突き立ててやる」

「うふふふ、その前にあたいが、この世の名残の大暴れをしてやるわ。それで、やっと終わり……」

気負った声で言った玉菊が、前方の大川橋を見あげて寂しそうに笑った。

「あたい、できればもう一度、黄八丈を着てみたかったな」

「あはは、そんなこと、お安い御用だぜ……」

彫常が喜八に声をかけた。

「喜八、すまねえが、船をちょいと戻して、神田川に入ってくれねえか。柳原土手の古着屋で、お玉に似合う黄八丈を見つけてやりてえんだ」

「そいつはいいや！」

喜八の声は無性に明るい。

「ついでに両国広小路で、何か旨いものを食べませんか。しっかりと腹拵《はらごしら》えをしておかねえと、いざってときに力が出ませんぜ。

なあに、合わせて七百両の賞金首が、堂々と広小路見物をするなんて、お釈迦さまでも気がつきゃしませんよ」

「もっともだ。が、船頭は船から離れられねえぜ。残念だったな」

彫常も明るい。今日一日で何もかもが終わる。得も言われぬ解放感を味わっていた。

結局、彫常だけが船をおり、柳原土手で黄八丈を買って戻った。

屋根船は再び大川を遡上《そじょう》して、橋場の渡しを過ぎたところの葦原に滑り込んだ。

三人は何食わぬ顔で陸にあがり、真崎稲荷《まさきいなり》の田楽茶屋《でんがくぢゃや》で、名物の「吉原田楽《よしはらでんがく》」を食べて、夜になるのを待った。

玉菊に一足違いで逃げられたと知ると、お吉は自分の責任であるかのように悔《くや》しがった。

「わっちが旦那たちの帰りを待たずに、先に一人で深川八幡さまに行っていれば、玉菊を捕えられたんだね。

わっちゃ、恥ずかしいよ。

浅草奥山の弁天のお吉も、四つ目屋忠兵衛になって張形を磨いてばかりいるうちに、すっかり焼きがまわっちまったさ」

そしてふいに、お吉が濡れた目になって、十蔵を見た。

こんな目をするのは、十蔵と閨で交合《まぐわ》うときか、霊感の閃《ひらめ》きを得たときだ。

いまは「狐の穴」の道場にいて、四人の手下も一緒だ。後者のときの目だった。

「玉菊が死ぬわ。今夜よ……」

お吉が掠れた声で言った。

「狐の旦那！」

すかさず、猪吉、鹿蔵、蝶次が同時に叫ぶ。誰よりもお吉の霊感を信じている三人だった。

「彫常が、今夜、山崎屋を襲いやすぜ！」

「よーし、わかった。今夜は幽霊退治だ！」

「わっちも行くよ！」

お吉の気合い勝ちだ。

「玉菊の最期を見てやりたいの。いいでしょう、旦那？」

「ああ、構わねえぜ」

そう答えざるを得なかった。お吉はおれが守ろう。十蔵はそう心に決めた。

隠密同心の狸穴三角は、登城前の北町奉行、小田切土佐守直年に呼ばれていた。

「昨夜、富岡八幡宮に姿を現した、彫常、喜八、玉菊を取り逃がしたそうだな」

「申し訳ございません」

「その失策を取り繕うために、たまたまその場に居合わせた、賞金稼ぎの浪人を三人召し捕って、大番屋の牢に入れたというのは真実《まこと》のことか？」

「その三人は千両で狐崎さまの殺しを請け負った人斬りです」

「依頼人はわかるのか？」

「蔵前の札差山崎屋藤介であると、召し捕った三人の浪人、岩田庄左衛門、柳沢兵衛、望月一平太が白状しております」

「ところが、与力の狩場惣一郎にはそうは答えなかった。

人斬りを雇ったなどとはとんでもない濡れ衣で、山崎屋藤介の千両云々《うんぬん》は、彫常らの懸賞金のことだと申しておるそうだ。

そうなると、ありもしないことを申して、三人の浪人と山崎屋藤介を罪に陥れようとした、狐崎十蔵の立場は難しいものになるだろうな」

「な、なぜでございます。なぜ、吟味方与力筆頭の狩場惣一郎さまが、さように朝早くから大番屋までいらしたのでございましょうか。

大方、山崎屋藤介の走狗《そうく》となって、大枚《たいまい》で大番屋の役人と、牢の三人の浪人を買収し、口裏合《くちうらあ》わせをしたに相違ありません」

「たとえそうであっても、今更、それを言っても始まるまい。狐も抜かったものよ」

北町奉行の声は冷ややかだった。

「三人の浪人は明日にも牢から出されるであろう。というのも狐崎十蔵が殺されたのならともかく、生きていては三人の浪人を人斬りと断定するには無理がある。そうなると山崎屋藤介の狐に対する反撃は必至であろうな。また評定所が姦《かしま》しくなるわい」

三角は無念の思いで登城する北町奉行の駕籠を見送ってから、神田材木町《ざいもくちょう》の「三四《さんし》の番屋」に急いだ。が、狩場惣一郎の手の者に阻まれて、牢の三人の浪人に会うことができなかった。

「狐崎さま！」

三角は「狐の穴」に駆け込み、一部始終を話した。

「申し訳ございません」

「しぶといな。山崎屋藤介も……」

十蔵は笑った。

「が、それも今夜で終わりだ」

「どういうことです」

「今夜彫常が、山崎屋藤介の心の臓に、鎧通を突き立ててくれる」

「彫常にできますか？」

「できなきゃ、おれたちが手伝ってやるさ」

「狐の穴が幽霊を手伝いますか？」

「山崎屋藤介が共通の敵とわかったからな」

「南蛮《なんばん》渡りの短筒を持ってやすぜ」

「短筒か、厄介だな。今夜はお吉も出動するんだが」

尋常《じんじょう》な手段では、山崎屋藤介を討てそうもなかった。

「奥の手を使うしかねえか」

十蔵の胸に、ひとつの妙案が浮かんだ。


昼八つ半（午後三時）、十蔵とお吉は、狐色の火事羽織を着て、呉服橋御門内の大名小路にある、三河吉田藩主で筆頭老中の松平信明《のぶあきら》の屋敷を訪れた。

用人の石巻作右衛門《いしまきさくえもん》が二人を迎えた。

「これは狐崎どのとお吉どの、ちょうど殿も下城《げじょう》なさったところじゃ、さ、さ、これへ」

腰を屈めて先に立つ。石巻作右衛門は、見るからに頑固一徹の三河武士といった風貌だが、物腰は商家の番頭よりも如才《じょさい》がなかった。

「お吉、よく来た！」

殿さまが足音高く、満面の笑みで部屋に入って来た。が、お吉の勇ましい出動姿に目を瞠《みは》った。

「お吉、その恰好はどうした？」

「はい」

平伏していたお吉が顔をあげ、淀みのない声で答えた。

「これより隠し番屋『狐の穴』の一員として、蔵前の札差、山崎屋藤介を召し捕りに参ります」

「はははは、お吉、固くならずともよいぞ……」

殿さまが愉快そうに笑った。

「『狐の穴』は、山崎屋藤介を召し捕るのではなく、蔵前の山崎屋藤介の店に押し込む、賞金首の盗賊を召し捕るのであろう」

「いいえ、間違ってはおりませぬ！」

お吉がきっぱりと応えた。

「わっちらは、賞金首の彫常、喜八、玉菊が、真の極悪人である山崎屋藤介を討ち果たすのを見届け、しかる後に島抜けの三人を召し捕る所存でございます」

「十蔵！　おぬしの入れ知恵か？」

「いいえ、二人で検討し、すべてを幽霊に背負って行ってもらうことにしました」

「なるほど、彫常に恨みを晴らさせれば、訴人の山崎屋藤介がいなくなって、本日評定所で持ちあがった、おぬしを糾弾する意見は立ち消えになる。

ははははは、さすが狐よ。一石二鳥の妙案であるぞ。で、わしに何をさせたくて、お吉を連れて参った？」

「わっちがお殿さまに申し上げます」

お吉が身を乗り出した。

「どうか彫常らにお力をお貸しください」

「な、何だと！」

殿さまの声が高くなった。

「老中のわしに島抜けの賊を手伝えと申すのか！」

「簡単なことでございます」

お吉は怯まずに言った。

「彫常たちが大川から御米蔵を通って山崎屋藤介の店を襲おうとしたとき、万一、御米蔵のお役人がその姿を発見しても、見て見ぬふりをしていただくことと、山崎屋藤介が御米蔵に逃げ込もうとした場合には、それを阻止していただだく。それだけでございます」

「お吉、おまえは簡単にそれだけと申すが、それがいかに困難なことか、わかっておるのか？」

「お殿さまは、ご老中でございましょう？」

「そ、そうだが……」

「ご老中のお力を持ってしても、できませぬか？」

「で、できぬと申してはおるのではない」

「できるのならば、お力をお貸しください」

「わ、わかった。が、条件がある」

「どのような？」

「わしも船で浅草御米蔵に行く。お吉もその船に同乗するというのが、わしの条件だ」

　お吉が困ったように十蔵を見た。

「お受けしろ」

　十蔵は即座に答え、これでお吉は安全になった、と込みあげてくる笑いを怺《こら》えた。

夜四つ（午後十時）、一挺の町駕籠が、大戸をおろした山崎屋藤介の店の前で止まった。

夜目にも鮮やかな黄八丈を着た女が駕籠からおり立った。

三百両首の玉菊だった。

ごくっ！

物蔭にひそむ者たちの、唾を飲み込む音が聞こえるようだ。

黒衣の「狐の穴」の五人をはじめ、町方が四、五十人。粘り強い賞金稼ぎが三、四十人。それを遠巻きにする野次馬が五、六十人といるが、玉菊の姿に粛《しゅく》として声もない。

嵐の前の一瞬の静寂。まさにそれだ。静寂を破ったのは、逆手に抜身の懐剣《かいけん》を握った玉菊だった。

「さあ、あたいを捕えてごらん！」

賞金稼ぎに向かって叫んだ。

「捕えたら三百両よ！」

両手を広げて、賞金稼ぎを煽った。

「役人なんかにくれてやるつもりかい！」

「や、やるもんか！」

どどーっ！

賞金稼ぎが、われ先にと玉菊に殺到する。

「ご、御用だ！」

どどーっ！

町方も負けずに殺到する。

するとと山崎屋の大戸が開いて、仁王立ちになった主人の藤介が叫んだ。

「新之介の仇の玉菊を捕えておくれ！」

「うおーっ！」

雷門の勘市の手下も三、四十人、店から飛び出して玉菊に殺到した。

猛烈な勢いで、賞金稼ぎの三、四十人、町方の四、五十人、雷門の勘市の子分の三、四十人が、ぶつかり合って、阿鼻叫喚《あびきょうかん》の大きな渦が巻いた。

「おーほほほほ」

高らかに笑う玉菊の、黄八丈の着物の袖は千切れ、帯は解かれ、髷は崩れて、足は地を離れて、宙に浮きっぱなしだった。

「おーほほほほ」

やがて黄八丈は襤褸《ぼろ》になり、長襦袢、腰巻きも引き千切られて、玉菊の肌が着っけているものは、背中の女郎蜘蛛の刺青と、左腕の入墨だけになっていた。

「おーほほほほほ」

周りを見まわせば、四、五十人の男が倒れて呻吟《しんぎん》していた。

「あたいは……」

と、あらん限りの声で叫んだ。

「もういいわ！」

玉菊は握っていた懐剣を持ち直し、左の乳房の下を突いた。

それを見ていた十蔵は、玉菊にそっと掌を合わせた。そして、声をかけ、山崎屋の開いた大戸に向かって走った。

「行くぞ！」

「合点！」

四人の手下が続いた。

「あっ、狐だ！　八丁堀の狐の襲撃だ！」

その声があがったのは、黒衣の五人が山崎屋に飛び込んだ後だった。

「この野郎！　どういうつもりだ」

雷門の勘市と七、八人の手下が行く手を塞いだ。

「邪魔するねえ！」

十蔵が叫ぶ。

「山崎屋藤介が彫常に殺されてもいいのか！」

そこへ奥から狩場惣一郎が出てきた。

「狐崎十蔵、その恰好は何だ！」

狩場惣一郎は居丈高《いたけだか》だ。

「御用を何と心得《こころえ》おるか！」

「筆頭与力の御託を聞くのは、彫常を召し捕ってからだ」

「ふん、玉菊は死んだ。彫常なんか、いやしねえ。いもしねえ相手をいると言って大騒ぎをするのが、八丁堀の狐の遣り方らしいな」

「莫迦野郎！　彫常は御米蔵側から忍び込んで、もう山崎屋藤介の部屋にいるんだ！」

「げえっ！　まさか、そ、そんなこと……！」

狩場惣一郎が青くなって奥へ走った。

すかさず、十蔵、伊佐治、猪吉、鹿蔵、蝶次が続き、雷門の勘市と手下が追う。十蔵は途中で狩場を追い越した。


小柄な彫常が鎧通を構えて、山崎屋藤介を追い詰めていた。

「彫常、ま、待て！　わ、わしが相手だ！」

健気《けなげ》にも手代の由蔵が、部屋にあった長脇差を抜いて彫常に斬りかかった。

そのとき、喜八が漁師の使う銛《もり》を手に部屋に飛び込んできた。

喜八は首尾の松に屋根船をつなぎ、肩を踏台にして、彫常を御米蔵の塀の内側に入れると、八丈島に向かったはずだった。

喜八が銛で由蔵の腹を突いた。

「ぎゃあああーっ！」

由蔵がのたうちまわった。

「喜八、なぜ戻った！」

彫常が咎めるように言った。

「へへへ、やっぱりおれ、仲間といてえんだ。手伝うよ」

喜八は、のたうちまわる由蔵の腹に足をかけて銛を引き抜くと、ぶんと振りまわした。

「さあ、彫常親分、存分に恨みを晴らしなせえ！」

「ありがとうよ。喜八。わしも仲間に見ていてもらいたかった。それじゃ、一緒に地獄へ旅立とうぜ！」

「ま、待て！　彫常、待ってくれ！　命を助けてくれりゃ、何でも望みを叶えてやるぞ！　金が欲しけりゃ、一万両やる！　お、女なら、吉原を総揚げしてやる！　わ、わしなんか殺して、何になるんだ！」

彫常が、本当に嬉しそうな笑顔になった。この命乞いが聞きたくて、これまで苦労をしてきたような気がした。返す言葉は用意してあった。

「そういう戯言《たわごと》をいう莫迦《ばか》が、この世から一人減る！」

彫常は五本目の最後の鎧通を、山崎屋藤介の心の臓に突き立てた。

「待て、彫常！」

十蔵が部屋に飛び込んだときには、すでに遅かった。

「南無三《なむさん》！」

馬庭念流の秘剣を一閃させた。彫常の不動明王を背負った小柄な体が、頭から股まで左右二つにぱかっと割れた。

「くそっ！」

喜八が銛で突いてきた。

「きええーっ！」

十蔵は裂帛の気合いを発して、凄まじい横薙ぎの斬撃を浴びせた。

喜八の胴が上下二つに見事に分かれた。

「うげっ！」

十蔵を追って部屋に入った狩場惣一郎が、血の匂いに噎《む》せて吐いた。

「あんたが邪魔をしなければ……」

筆頭与力を冷ややかに眺めて、十蔵は言った。

「山崎屋藤介は殺されずにすんだ」

三つの死体を片手で拝むと、静かに部屋を出る。

彫常と喜八は、敢えて無惨に斬った。それは、八丈島を島抜けしてまで復讐を遂《と》げた本物の悪党たちに対して払った、最大級の敬意のつもりだった。

＊この作品は双葉文庫のために
書き下ろされたものです。

双葉文庫

ま-08-13

八丁堀《はっちょうぼり》の狐《きつね》

女郎蜘蛛《じょろうぐも》

2007年5月20日　第1刷発行
2008年4月30日　第2刷発行

【著者】
松本賢吾《まつもとけんご》

【発行者】
赤坂了生

【発行所】
株式会社双葉社
〒162-8540 東京都新宿区東五軒町3番28号
[電話]03-5261-4818(営業) 03-5261-4833(編集)
[振替]00180-6-117299
http://www.futabasha.co.jp/
(双葉社の書籍・コミックが買えます)

【印刷所】
慶昌堂印刷株式会社

【製本所】
株式会社ダイワビーツー

【表紙・扉絵】南伸坊
【フォーマット・デザイン】日下潤一
【フォーマットデジタル印字】飯塚隆士

ISBN978-4-575-66284-9 C0193

坂岡真
照れ降れ長屋風聞帖
大江戸人情小太刀
長編時代小説
〈書き下ろし〉
江戸堀江町、通称「照れ降れ町」の長屋に住む浪人、浅間三左衛門。疾風一閃、富田流小太刀の妙技が人の情けを救う。シリーズ第一弾。

坂岡真
照れ降れ長屋風聞帖
残情十日の菊
長編時代小説
〈書き下ろし〉
浅間三左衛門と同じ長屋に住む下駄職人の娘に舞い込んだ縁談の裏に、高利貸しの暗躍が。富田流小太刀で救う江戸模様。シリーズ第二弾。

坂岡真
照れ降れ長屋風聞帖
遠雷雨燕《えんらいあまつばめ》
長編時代小説
〈書き下ろし〉
孝行者に奉行所から贈られる「青緡五貫文」。そのために遊女にされた女が心中を図る。裏には町役の企みが。好評シリーズ第三弾。

坂岡真
照れ降れ長屋風聞帖
富《とみ》の突留札《つきどめふだ》
長編時代小説
〈書き下ろし〉
突留札の百五十両が、おまつ達に当たった。用心棒を頼まれた浅間三左衛門は、換金した帰り道で破落戸に襲われる。好評シリーズ第四弾。

坂岡真
照れ降れ長屋風聞帖
あやめ河岸
長編時代小説
〈書き下ろし〉
浅間三左衛門の投句仲間で定廻り同心に戻った八尾半四郎が、花魁・小紫にからんだ魚問屋の死の真相を探る。好評シリーズ第五弾。

坂岡真
照れ降れ長屋風聞帖
子授け銀杏《いちょう》
長編時代小説
〈書き下ろし〉
境内で腹薬を売る浪人、田川頼母の死体が川に浮いた。事件の背景を探る浅間三左衛門の怒りが爆発する。好評シリーズ第六弾。

坂岡真
照れ降れ長屋風聞帖
仇《あ》だ桜
長編時代小説
〈書き下ろし〉
幕府の役人が三人斬殺されたが、浅間三左衛門には犯人の心当たりがあった。三左衛門の過去の縁に桜花が降りそそぐ。シリーズ第七弾。

高橋三千綱
右京之介助太刀始末
お江戸は爽快
晴朗長編時代小説
颯爽たる容姿に青空の如き笑顔。何処からともなく現れた若侍が、思わぬ奇策で悪を懲らしめる。痛快無比の傑作時代活劇見参!!

高橋三千綱
右京之介助太刀始末
お江戸の若様
晴朗長編時代小説
五年ぶりに江戸に戻った右京之介、放浪先での事件が発端で越前北浜藩の抜け荷に絡む事件に巻き込まれる。飄々とした若様の奇策とは?!

高橋三千綱
右京之介助太刀始末
お江戸の用心棒（上）
長編時代小説
文庫オリジナル
右京之介に国元からやってくる鈴姫の警護を頼もうとしていた柏原藩江戸留守居役の福田孫兵衛だが、なぜか若様の片棒を担ぐ羽目に。

高橋三千綱
右京之介助太刀始末
お江戸の用心棒（下）
長編時代小説
文庫オリジナル
弥太が連れてきた口入れ屋井筒屋から、女辻占い師の用心棒をしてほしいと頼まれた右京之介は、その依頼の裏に不穏な動きを察知する。

藤井邦夫
知らぬが半兵衛手控帖
辻斬り
長編時代小説
〈書き下ろし〉
神田三河町で金貸しの夫婦が殺され、自供をもとに取り立て屋のおときが捕縛されたが、不審なものを感じた半兵衛は……。シリーズ第四弾。

松本賢吾
竜四郎疾風剣
流星を斬る
長編時代小説
〈書き下ろし〉
明和九年の田沼時代、訳あって兄嫁を斬り国を出奔した梢竜四郎。富士の裾野で会得した「流星返し」の豪剣で降りかかる女難、剣難を斬る。

松本賢吾
竜四郎疾風剣
邪悪を斬る
長編時代小説
〈書き下ろし〉
植木職人清吉が旗本の奥方との不義密通で手打ちにされた。裏のからくりに気づいた竜四郎が駆ける。好評シリーズ第二弾。